文春文庫

鎌倉署・小笠原亜澄の事件簿

極楽寺逍遥

鳴神響一

文藝春秋

目次

本作品は「文春文庫」のために書き下ろされたものです。
なお本作品はフィクションであり、作中に登場する人名や団体名は、
実在のものと一切関係がありません。

DTP 制作　エヴリ・シンク

鎌倉署・小笠原亜澄の事件簿

極楽寺逍遙

プロローグ

わたしはどこへ行こうとしているのだろう。
行くあてなど、この世のどこにもないのだ。
この切通しを下った漁師町の、あの家から逃げ出したときから決まっていたことだ。
粗末な山門を潜ってこの階段を上ったところで、なにが待っているわけじゃない。
山を下れば、待っているのは地獄でしかない。
たしかにわたしはつらい日々から逃げ出した。
苦しかった。
いままでもそんなに幸せに生きてはこなかった。
それでも、あんなにひどい毎日はそれまでに一度も味わったことがない。
あの男はわたしを責め苛むことでしか、自分を保てなかった。
画家としての……いえ、男としての自尊心を支える術を知らなかったのだ。
あの暮らしのなかでわたしは何度も思った。

感情なんてものが、自分のなかから少しもなくなってしまえばいいのに……。
耐え続けた。何度も唇を嚙んでわたしは耐えた。
でも、もうすべてが限界だった。
けれども、わたしは許されない道を選んでしまった。
あの人のところに逃げてはならなかった。
あの谷戸には決して行ってはならない。
わかっていながら、わたしは自分を抑えることができなかった。
谷戸《やと》の奥のアトリエでのわずかな日々。わたしは女としての本当の幸せを味わった。
大きな罪に怯えながら……。
そう、罪を重ねるだけの日々。
苦しむ人々を生み出すだけの時だった。
紫陽花《あじさい》の花は、淋しい街灯の灯りでもこんなに美しく咲き続けている。
それなのに、わたしのこころはなんて醜く汚れているのだろう。
どうしてわたしは間違えたのか。
自分の人生を自分で泥まみれにしたのだろう。
ああ、もうわたしには行くところはない。
それは決まっていることなのに。

蒼い月光に照らされた由比ヶ浜の、暗い海と家々の明かりが見えてきた。
いっそすべてを終わりにしたい。
今夜、この峠から澄んだ夜空に舞い上がりたい。

第一章　丘の上の殺人

1

樹間から覗く紺碧の空が、吉川元哉《きつかわもとや》の頭上にあった。

上り始めたときにはコンクリート擬木の階段が続いていて左手には手すりもあった。しばらく進むと階段は終わって、落ち葉の積もる通路となった。さらに左右の木が覆い被さってトンネルのようにうっそうとしてきた。足もとには枯れかかった草が伸び放題で、くるぶしに絡みつきそうだ。おまけに、道をふさいでいるちいさな枝も現れた。

「おい、本当にこの階段、現場に続いているんだろうな」

前を歩く小笠原亜澄《おがさわらあすみ》の背中に向かって声を掛けた。

「なに情けない声出してんのよ。たかだか一〇〇メートルだよ」

亜澄は立ち止まると、振り返って薄ら笑いを浮かべた。

いちいちカンに障る女だ。別に情けない声を出した覚えはない。

いつものことだが、亜澄はこんな口のきき方しかできないのだろうか。

元哉は神奈川県警本部刑事部捜査一課強行六係に所属する巡査長である。

昨日、一一月三〇日の朝早く、鎌倉市極楽寺二丁目にある長谷配水池広場で遺体が発見された。

刑事部機動捜査隊と所轄鎌倉警察署の刑事課鑑識係や強行犯係が急行した。遺体に不審な点があることから、検視官が臨場し、撲殺による殺人事件と断定された。

被害者は、鎌倉市極楽寺二丁目に住んでいた鰐淵貴遥《わにぶちたかはる》という五二歳の男性だった。職業は鎌倉美術館の学芸員だということだ。

検視官の見立てでは、死亡推定時刻は発見前日の午後四時半から六時半くらいとされている。長谷三丁目の勤務先を定刻の四時半に出たあとの貴遥の足取りはわかっていない。

鎌倉署に捜査本部が開設されて、元哉も参加することになった。

今朝いちばんに開かれた最初の捜査会議では、犯人につながるような情報は一切なかった。目撃者も犯人の遺留品も見つかっていないとのことだった。

また、被害者の財布とスマホが見つかったことから、物盗りの犯行とは考えにくいとのことだった。スマホは解析中だが、いまのところ犯人につながるような着発信記録やメールデータは見つかっていない。ただ、事件当日に市内の公衆電話からの着信が二本あったことがわかっている。

捜査会議終了後の班分けで、元哉は鑑取り捜査の班に組み入れられた。

鑑取り捜査とは、被害者の人間関係を洗い出し、動機を持つ者を探し出す捜査をいう。

ペアとして組まされたのは、鎌倉署刑事課強行犯係の小笠原亜澄巡査部長だった。

よくペアにさせられるが、元哉は亜澄が苦手である。

捜査本部を仕切る二階堂行夫《にかいどうゆきお》管理官や捜一の捜査員の一部には、嫌がる元哉が亜澄とペアを組むのをおもしろがっているフシがある。

「歩くのはどうってことないに決まってんじゃないか。俺が言いたいのは、この道が正しいのかってことだよ」

元哉は尖った声で言った。

目的地の長谷配水池広場は、マップで見るとここからたいした距離ではない。

大仏坂バス停で下りて、県道三二号の大仏トンネル脇の階段を上ったあたりで、道はふたつに枝分かれしていた。

「あっちの道は、大仏切通しと、大仏ハイキングコースだよ。現場へはこの道で間違いないんだって」

亜澄は強い口調で言った。

「だけど、小笠原はこの道は通ったことないんだろ」

「まぁ、このあたりはふつうは事件なんて起きない平和なところだからね。あたし、昨日は本部に直行で出張してたんで現場には臨場してないんだよ」

涼しい顔で亜澄は答えた。

「スマホで国土地理院の地図を見ると、この道は広場で途切れてるんだぞ。それに倒木とかあって通れなかったら戻らなきゃならないんだぜ」

頼りなげな足もとの路面を見ながら元哉は言った。

路面には枯れ葉が散り敷かれていて、少し湿ったコンクリートがよく滑る。

「もし通れなかったら、大仏坂のバス停まで戻って長谷観音で下りて、そこから江ノ電の長谷駅まで歩けばいいんだよ。長谷から極楽寺まではひと駅だよ。そこから現場はだいたい一キロじゃん。たいしたことないよ」

「どれくらいかかるんだよ」

「まぁ、バスや電車の時間にもよるけど、三〇分くらいかな」

ずいぶんと回り道だ。

「朝イチで現場に行った連中は反対側の極楽寺駅から入ったって言ってたぜ。最初から鎌倉駅から江ノ電に乗りゃよかったんだよ」

「だって、下馬《げば》四ツ角で大仏坂方面のバスが来ちゃったんだからしょうがないじゃん。それに極楽寺駅から行くより、こっちの道のほうがずっと現場に近いんだよ」

「だいたい、俺たちは現場に行けって言われてないんだぞ」

元哉の言葉を無視して、亜澄は細道を歩き始めた。

捜査本部からふたりに下された指示は、極楽寺二丁目にある被害者の自宅を訪ねることだった。被害者の家族に話を聞くのが目的だ。現場はすでにほかの捜査員たちが検分を済ませている。

被害者の鰐淵貴遥は、一〇年前に妻と離婚し、息子の遥人《はると》という二五歳の男性とふたり暮らしということだった。

すぐ近くだから現場を見ていこうと言い張ったのは亜澄だった。

「ほらほら、まともな階段が出てきたよ」

なだめるような声で亜澄は言った。

いままでの山道が終わって、意外と幅の広いコンクリートの階段が現れた。

振り返ると、遠い山々の眺めが素晴らしい。

北の源氏山方向の木々は紅葉が始まって赤や黄色に染まっている。

ふもとにはたくさんの家屋があるはずなのだが、角度の関係なのかほとんど視界には入ってこない。まるで深山にいるような錯覚に陥る。

階段を上り終えると、視界が開けた。

峠は越したようで、元哉はホッとした。

染まりかけた森がひろがって、すぐ近くに三軒ほどの家屋が見えている。

残念ながら遠望はきかず海は見えないが、反対側の谷に出たことは間違いがない。

少し下《くだ》ると右側に短い坂道が続き、コンクリート擁壁の上にステンレスの柵で囲われた施設らしきものが見えた。

「ほら、あったじゃん」

亜澄は勝ち誇ったように声を張った。

右手に設置されている鉄の急な階段を上ると『長谷配水池』と記された銘板が埋め込まれた鉄平石の門柱が現れた。

門柱にはトラ色の規制線テープが張られ、防刃ベストを身につけた地域課の巡査がひとりで立哨《りっしょう》している。

「水原《すいばら》くん、ご苦労さま」

「あ、小笠原さん、おはようございます。捜査会議は終わったんですね」

若い巡査はにこやかにあいさつしてきた。

「終わった。いまのところたいした情報は集まってないんだ」

「そうですか」

「これは捜一の吉川くん。あたしが指導している巡査長だよ」

亜澄は背を反らした。

亜澄は巡査部長で元哉は巡査長だ。亜澄は元哉よりふたつ年下で神奈川県警の採用も二年後だが、階級では追い越されてしまった。一緒に受けた巡査部長昇任試験で、亜澄は受かったのに元哉は落ちてしまったのだ。

だが、所属は違うし、別に指導員でも何でもない。

「別に小笠原に指導を頼んだ覚えはない」

元哉は苦々しい思いで横から口を出した。

「ご苦労さまです。鎌倉署地域課の水原です」

顔つきを引き締めて水原は言った。

「小笠原は所轄でも、いつもこんなに偉そうなのか？」

元哉は嫌味を口にした。

「はぁ……」

水原は答えに困ったようにうつむいた。

「現場に誰か残ってる？」

元哉の言葉を無視して、朗らかに亜澄は訊いた。

「いえ、もう誰もいません。自分もそろそろ帰ります」

施設内に視線を向けて水原は答えた。

「第一発見者のおかげで、すぐにマルガイの身元がわかったんだよね？」

亜澄に問いに、水原は源氏山とは反対の南の方向を指さした。

「ええ、第一発見者はすぐ近所の人なんです。犬の散歩に来たじいさんなんですが、マルガイの顔を知ってましてね。腰抜かして一一〇番通報したみたいです。この場所は夜はまず人が来ませんから、遺体に誰も気づかなくても不思議はないでしょう」

淡々とした口調で水原は答えた。

「マルガイは財布とスマホは所持していたんだよな」

元哉の問いに水原はうなずいた。

「そうですね、でも機捜が来て遺体を見る前に、マルガイが鰐淵貴遥さんだってことを第一発見者が通報してるんですよ」

「なるほどな」

「鰐淵貴遥さんは馬場《ばば》ヶ《が》谷《やつ》に住んでたんだよね。あたしたち、そこに聞き込みにいく途中なんだ」

明るい声で亜澄は言った。

「ええ、すぐ近くですよ」

「そのまえにちょっと現場を見てくね」

愛想よく亜澄は言った。

「あ、どうぞ」

水原は規制線テープを持ち上げてくれた。

元哉と亜澄は配水池の施設内に足を踏み入れた。

目の前にはちいさな広場がある。ここが現場の長谷配水池広場だ。

草地にふたつのコンクリートテーブルとベンチが設えられている。

ちょっとした休憩を取ったり、弁当をひろげられるようなスペースとなっている。

神奈川県企業庁が県営水道管理施設の一部を市民に開放しているわけだ。

配水池自体はステンレスの柵に囲まれていて、おまけに広場より少し高いところにある。

「池は見えないな」

元哉はまわりを見まわして言った。

「配水池といっても地下にあって、市内のここより低いところに水道水を配水してるんだ。職員が執務するような場所もなくて、ふだんは無人なんだよ」

亜澄はしたり顔で言った。

「捜査会議でも、無人施設だって言ってたな。しかし、配水池なんてものにまったく気づかないで、俺たちはその恩恵にあずかっているってわけか」

水道から水が出るのはあたりまえと思っているが、その蔭にたくさんの人の努力があるのだ。元哉たち警察官も市民の安全を維持するために努力を重ねている。

まさに「水と安全はタダではない」のだ。

「こんな配水池が鎌倉市内だけで八箇所もあるんだよ。寒川浄水場からポンプで送られた水を貯めておくってわけ」

「なるほどな、高いところに水を貯めて水を流すから蛇口から水が出るんだな」

蛇口を開けると水が出るのは決してあたりまえのことではないのだ。

「あのね、そんなことに感心してないで、現場の観察だよ」

亜澄は上から目線で言った。

「わかってるよ」

うんざりして元哉は答えた。

むろんすべての鑑識標識は片づけられていて、広場内には殺人事件があった現場の雰囲気は残っていなかった。

ただ、生えている雑草に飛び散った血が少しだけ残っていた。

「マルガイは手前のテーブルの左側に倒れてたんだよね。どのあたりかな」

亜澄はテーブルの前で首を傾げた。

「捜査記録にはきちんと書いてあるはずだよな」

元哉はメモしてこなかったことを悔いた。

現場写真も見たが、詳しい位置までは記憶していない。

もともと自分は、今朝、現場に来る予定ではなかったから仕方がない。

鑑識は寸法を測って写真も撮影してしっかり記録しているが、現場をパッと見ても遺体の状況はわかりにくいものだ。

「ああ、彼に訊いてみよう。ねぇ、水原くん、あなたマルガイを見てるの？」

亜澄は立哨している水原を引っ張ってきた。

「ええ、自分は見てますけど……」

水原は手前のテーブル付近に足を進めた。

「どんな感じだった？」

「そうですね、テーブルの左側すぐ……五〇センチくらいのところで頭を門のほうに向けて倒れてました」

草がなく土が出ている場所あたりを指さして水原は答えた。

「そうかぁ、頭を出入口のほうに向けてたのね」

亜澄は鼻から息を吐いた。

「奥の方向から忍び寄って、いきなり後頭部を殴りつけたというわけか」

腕組みをしながら元哉は言った。

「奥は通れないから、門から入ってすぐに殴った可能性は考えにくいね」

亜澄はゆっくりとうなずいた。

広場の奥にはステンレスの柵に囲まれて大きなアンテナが銀色に光っている。携帯電話の基地局だ。扉はむろん施錠されている。こちら側から誰かが近づけるとは思えない。

配水池広場の出入口はいま入ってきた門柱のあるところ一箇所だけだ。

「ふつうに考えるとマルガイとホシは一緒に座っていた可能性が高いな。マルガイが立ち上がって外の方向を向いているときに、ホシがあとから立って忍び寄って背後から殴った。ま、そんなとこだろう」

元哉はまず間違いないだろうと思っていた。

「鰐淵さんとホシはなにかの話し合いをしていたのかもしれないね」

亜澄は考え深げに言った。

「あり得るな、だいたい後頭部を殴られる可能性はふたつだ。ひとつは忍び寄られて相手に気づかず、いきなり殴られた場合だ。もうひとつは相手をまったく警戒していなかった場合だよ。だが、この広場は奥が塞がっているんだから、ホシは間違いなくマルガイの知り合いだ」

元哉は断定的に言ったが、亜澄は珍しく素直にうなずいた。

「そうだね、まず知り合いの犯行だろうね」

自宅近くで油断していたとしても、見知らぬ誰かがこの広場に入ってくれば、被害者は警戒するはずだ。

「しかも、スマホや財布には手をつけていない。まずは怨恨の線だろうな」

鼻から息を吐いて元哉は言った。

「それは予断じゃん」

小馬鹿にしたように亜澄は言った。

いつも亜澄はひと言余計だ。

「物盗りなら財布を奪うだろう」

ちょっとムッとして元哉は答えた。

「だけどさ、犯人にとって財布より重要ななにかを盗んだ可能性はゼロじゃないでしょ」

得意げな亜澄の声だった。

「まぁ、それは否定できないけどな」

元哉としては旗を巻かざるを得なかった。

「凶器は見つかってないんだな」

話題を変えたくて、元哉は話を凶器に移した。

「うちの鑑識係長が石だろうって言ってるから間違いないよ。それも複数回殴ってるって」

以前、夫婦池の現場で、亜澄が自慢していた鎌倉署刑事課の鑑識係長の話だ。

六月に鎌倉山近くの夫婦池公園で男性の遺体が揚がった事件があった。元哉も亜澄も臨場したが、その現場にもその係長は来ていて死亡推定時刻を正確に言い当てた。

広場にはあんパンくらいの大きさを持つ石がいくつか転がっている。

司法解剖の結果が出るまでは、鈍器のようなものなどというあいまいな表現で説明されている。

だが、石と考えてまずは間違いないだろう。

刑事警察はさまざまな役所のなかでも、ひときわ正確性を重要視する。

簡単に言うと疑り深いのだ。確定した事実以外を嫌うと言ってもいい。

亜澄のいまの思考法も、その意味では刑事らしい。

「前に言ってた凄腕の鑑識係長だな。石だとすれば、手に入れるのは容易だ。それに、あたりの林にでも捨てられたら発見するのは難しいな」

「凶器を準備していたわけでないとすると、計画的な犯行じゃないかもね」

亜澄の言葉は正しいだろう。

「ところで、その鑑識係長は、ホトケに殺された時間を訊いているみたいな人だったな」

「そうそう、渡辺《わたなべ》係長の判断は、司法解剖の結果といつも一時間も違わないんだよ」

声を弾ませて亜澄は答えた。

「渡辺係長はマルガイは何時頃に殺されたって言ってるんだ？」

「検視官と変わらないよ。一昨日の午後四時半から六時半くらいの間だって」

となると、司法解剖の結果も大きくは変わらないだろう。

マルガイはやはり夕方に殺されたのだ。

「いまの時期だと、四時ならまだ陽が落ちてないな」

青い空を眺めながら元哉は言った。

「一昨日の横浜の日没時刻は午後四時二九分だよ」

そうだとすると、殺害時刻は早ければ、夕闇が迫り始めた時刻だ。

「しかし、夜遅くでもないのに誰も見ていないとはな。このあたりに防犯カメラはあるわけないしな」

「少なくとも、下のバス停からここまでの間には一台もなかったよね」

「あの藪道に防犯カメラがあったら奇跡だろう」

「県道三二号沿いの飲食店なんかにはあるかもしれないけど。大仏坂バス停は世界的観光地である鎌倉大仏から三〇〇メートルないからね。夕方なら歩く人も少なくはないはずだよ」

亜澄の表情は冴えなかった。

「観光客に紛れてしまうおそれは強いな。仮に防犯カメラがあったとしても犯人を特定するのは困難だろう。目撃者もカメラ映像もなしか」

元哉も力なく言った。

バスのなかから見たときにも、外国人を含め、たくさんの観光客が歩いていた。

「犯人が反対方向に逃げたとしても、極楽寺駅近くのコインパーキングまでの間に防犯カメラはないって報告だったよね。あとは駐車車両のドライブレコーダーを調べるしかないね。まぁ、これからの捜査で浮かび上がってくるかもしれないけど……」

浮かない顔で亜澄は言った。

「とにかく、そっちは地取り班にまかせるしかないな」

元哉はゆるゆると息を吐いた。

「ねぇ、水原くん、あなたこの地域は詳しい？」

亜澄は水原に向き直って訊いた。

「ええ、まぁ多少は……いちおう受け持ち地域なんで」

言葉とは裏腹に自信のありそうな表情だった。

「いまの時期の夕方って、このあたりにハイカーとか散歩の人はあんまりいないのかな」

「まず、いないですね。土日や休日は別として、このコースを歩くのは高齢者ばかりです。近所の人は朝の犬の散歩かウォーキング。観光客は昼間にハイキングです。街灯もないですから、日暮れ近くに歩く人はほとんどいません」

水原はきっぱりと言った。

「人が少ない割には、ホシのゲソ痕は取れてないのよねぇ」

亜澄は嘆くような声を出した。

「正確に言えば、ゲソ痕がたくさんありすぎて、どのゲソ痕が犯人のものか判別できない状態だろ。最低でも男女合わせて五〇人くらいはこの広場に入っているらしい。しかも、ふたつのテーブルのあたりはグチャグチャに踏み荒らされているらしいじゃないか」

捜査会議で聞いたことを思い出しながら、元哉は厳しい声で言った。

ゲソ痕、またはゲソとは現場に残された犯人等の足痕を指す警察用語である。

ハイカーならば、どこから来たのかもわからない。すべての足痕を特定するのは不可能に近い話だ。

「昼間はこの広場に立ち寄るハイカーは多いのかな」

亜澄は水原に訊いた。

「そうですね、日中にそれくらいのハイカーが立ち寄ることは珍しくありません。五〇人と言っても、仮に五人組なら一〇グループですからね。極楽寺駅方向も大仏坂方向もどちらから歩いてきても、ここしか休む場所がないですから」

水原は平らかな声で答えた。

「要するにここは昼間はわりあい人が入ってきて、夕方くらいから夜の間は誰もいない場所ってことね」

「まぁ、簡単に言えばそういうことです」

きまじめな顔で水原は答えた。

「鰐淵さんは近所だから、夕方でも平気でここへ来たのかしらね」

亜澄はあたりを見まわしながら言った。

この広場は夕方となれば、かなり淋しい場所だろう。

「近所というか、隣みたいなもんでしょう。鰐淵さんのお宅は、ここからおよそ五〇メートルで、馬場ヶ谷のいちばん奥の家です」

水原は南の方角を指さした。

「ちょっと訊いていいか？」

元哉は聞きとがめた。

「その馬場ヶ谷ってなんだ。ここの町名は極楽寺だろ？」

さっきもたしか亜澄は馬場ヶ谷という地名を口にしていた。

「鎌倉の谷戸の話は前にもしたよね。前の事件で里見《さとみ》父娘が住んでた谷戸を訪ねたときにさ」

亜澄は元哉に向き直って言った。

七月下旬に由比ヶ浜の鎌倉海濱《かいひん》芸術ホールで、新日本管弦楽団の定期演奏会が開催された。演奏中のステージでコンサートマスターが殺害されるという事件が発生し、元哉たちも事件解決に力を尽くした。指揮していたのは世界的に有名な里見義尚《さとみよしひさ》だった。元哉たちは捜査のために扇ガ谷《おうぎやつ》の谷戸の奥に建つ広壮な里見邸を訪ねたのであった。

「ああ、覚えているよ。谷が深く切れ込んでいる地形だって言っていたな。旧鎌倉のいい住宅地はたいてい、谷戸沿いに建てられているんだったな」

元哉は谷戸の奥に建っていた壮麗な里見邸を思い出しながら答えた。

「そう。丘陵地のなかで一段低くなった谷あいの土地を指すんだけど、谷津とか谷地とかも同じ意味なんだ。この谷戸を呼ぶ名称が古くから地名につけられているんだよ。でね、鰐淵さんの自宅がある谷戸は馬場ヶ谷って言うんだ。同じ極楽寺のなかでも馬場ヶ谷、西ヶ谷、月影ヶ谷《つきかげやつ》なんて谷戸があるんだよ。町名表示には現れないけど、登記簿なんかには残っている地名なんだ」

亜澄の説明でようやくわかった。

「鎌倉の場合、地元ではけっこう使われてましてね。馬場ケ谷親和会、極楽寺西ケ谷町内会という自治会もあります」

水原がうなずきながら説明を加えた。

「じゃあ、あたしたちは鰐淵さんの家に行くから」

亜澄は水原に手を振って門の外に歩き始めた。

「お疲れさまです。すぐ下の白くて真四角な家です」

水原は笑顔で元哉たちを見送った。

「この谷戸が馬場ヶ谷ってわけだな。長谷配水池が馬場ヶ谷の谷戸のいちばん奥であることが実感できるよ」

門を出た元哉は目の前の谷戸を眺めながら言った。

「鎌倉ではね、谷戸の道は抜けていないのがふつうなんだ。つまり袋小路ってこと。この馬場ヶ谷は例外のひとつだね」

「さっき上ってきた山道があるからな」

「そう、だけどどこもクルマは抜けられない。鎌倉では、ある谷戸と隣の谷戸を移動するのにすごく時間がかかる場合も多いんだ」

亜澄はとにかく鎌倉には詳しい。以前、鎌倉への憧れがあるからだと言っていた。

配水池広場から出る階段を下りながら元哉は言った。

「まぁ、現場を見たことは参考になったよ。もちろん一度は臨場すべきだが、最初に見といてよかったよ」

元哉も認めざるを得なかった。

自分たちに鑑取りの命令が下されていても、現場をまず見ることは欠かせない。

「でしょ、でしょ」

亜澄は得意げに鼻を鳴らした。

「あの家か……」

すぐ真下の左側に、水原が言っていた白くて真四角な家が建っている。

「間違いないね」

元哉たちは早足にデザイナーズハウスらしい二階建ての家を目指した。

2

鰐淵宅はふたつの白い直方体を重ねたような形をした比較的新しい建物だった。

玄関脇のカーポートには、白いボディの美しいメルセデスのGクラスが駐まっていた。

濃いグレーの木製の玄関扉の横にはWanibuchiと記された金色のネームプレートが光っている。

亜澄はその横にある似たような金属素材の丸い呼び出しボタンを押した。

室内で電子カリヨンのような呼び出し音が鳴った。

「はい、どなたですか」

かたわらの壁に設置されたスピーカーからおだやかな声が聞こえた。

「おはようございます、神奈川県警です。ちょっとお話を聞かせてください」

返事はなかったが、しばらくするとひとりの若い男がドアを半分くらい開けて顔を覗かせた。

二五歳だという鰐淵遥人に間違いないだろう。

陽に焼けた逆三角形の輪郭に、すっきりとした目鼻立ちが特徴的だ。

捜査本部で配られた父親の顔と少し似ている整った面立ちだ。

身長は一七五センチくらいで、引き締まった筋肉質の身体をオレンジ色の綿パーカーに包んでいる。ボトムスはウォッシュの効いたデニムだった。

スポーツマンタイプというほどではないが、アウトドア……たとえばマリンスポーツなどが似合いそうな健康的な雰囲気を漂わせている。

「はじめまして、神奈川県警の小笠原亜澄と申します」

亜澄は頭のてっぺんから声を出して警察手帳を提示した。

この女はとかくイケメンに弱い。

「同じく吉川です」

元哉も警察手帳を掲げた。

「うちに刑事さんをお迎えすることになるとは思いませんでしたよ。まさか親父があんなことになるなんて」

遥人はあいまいな表情で言った。

「このたびはご愁傷さまです」

亜澄は目を伏せて一礼した。

「お力をお落としのこととお察しいたします」

元哉も悔やみの言葉を口にした。

遥人は黙って頭を下げた。

「立ち話もなんですから、入ってください」

明るい声で、遥人は元哉たちを招じ入れた。

「失礼します」

元哉たちはそろって玄関に足を踏み入れた。

家のなかに入れてもらえるのは好待遇だと言ってよい。

刑事は玄関先で話を聞くことがふつうだ。

元哉たちはこうした好待遇に恵まれることが多い。

亜澄の愛想のよさのおかげかもしれない。古い言葉だが、亜澄はぶりっ子なのだ。

それに生意気な態度とは裏腹に、亜澄の顔立ちは悪くない。

ちまっとした顔立ちに不釣り合いに大きな瞳。二八という年齢よりもかなり若く見える。

刑事らしくない容貌のせいで、相手は油断するのかもしれない。

そうだとすると、亜澄に感謝しなければならないのかもしれない。

玄関を入ると、採光のよい明るい廊下が現れた。

室内は白いボード壁で囲まれ、床は白木のフローリングだった。

すぐ横のドアを開けると、一二畳ほどのLDKだった。

奥にアイランド式のキッチンがあって、その前にナチュラルウッドのダイニングテーブルと揃いの四つの椅子が置かれていた。

家具なども含めて室内全体は新しく、一〇年は経っていない雰囲気だった。

インテリアのコストはそれほど掛かっていそうもない。

だが、室内全体に清潔感とセンスのよさが漂っている。

白い壁の左側は三〇センチほどの幅で凹部となっていて、飾り棚のスペースが造られている。そこには洒落た青いガラス瓶や磁器の花器などが飾られている。

「そこに座ってください」

遥人はそう言うと、キッチンの向こう側に足を運んだ。

元哉たちは言われるがままに、並んで椅子に座った。

「バタバタしてるので、これしかないんです。ごめんなさい」

遥人は元哉たちと自分の前にミネラルウォーターのペットボトルを三本置いた。

「いいえ、どうぞおかまいなく」

亜澄が鼻に掛かった声で答えた。

「いただきます」

元哉は亜澄の態度にあきれつつ、ペットボトルを手にしてキャップをひねった。

亜澄も遥人もミネラルウォーターに口をつけた。

「お父さまについていくつかお尋ねしたいことがあります。失礼な質問をするかもしれませんが、どうかご容赦ください」

やわらかい声で亜澄は切り出した。

関係者への尋問は、いつもおもに亜澄が行う。

「なんでも訊いてください。犯人を逮捕するために協力するのは僕の務めです」

遥人は明るく答えた。

「わたし、記憶力が悪いんです。記録もとらせて頂きたいのですが」

亜澄は低姿勢で頼んだが、真実ではないことを言っている。

むしろ亜澄は記憶力がよいほうだ。

「もちろんけっこうです。メモでも録音でもかまいませんよ」

口もとに笑みを浮かべて遥人は許諾の意を示した。

「ありがとうございます。すみませんが録音させてください」

遥人は掌を亜澄に差し出して了承のサインを送った。

元哉は上衣の内ポケットから、手帳とペンを取り出した。

要点しかメモできないが、事情聴取される相手はプレッシャーを感ずるのだ。

亜澄はICレコーダーをテーブルに置いて、ゆっくりとスイッチを入れた。

「まず、確認ですが、亡くなった貴遥さんの同居のご家族は遥人さんおひとりですね」

やわらかい声で亜澄は切り出した。

「はい、僕だけです」

「お父さまのお仕事ですが、鎌倉美術館の学芸員ということですが、具体的にはどんなお仕事をなさっていたのですか」

美術館学芸員の仕事は元哉もよくわからない。

「親父は鎌倉美術館で美術作品の収集や展示、保管といった業務の責任者でした。正直言って、僕は美術みたいな高尚なものにはあんまり興味がないんで詳しいことはわからないんですが、親父は絵画とくに日本の近現代の油彩画が専門でした」

遥人は笑みを浮かべたままで答えた。

「わたしも美術はまったくわからないのですが、非常に専門性の高い分野ですね」

「ええ、僕と違って頭がいいんで、東大大学院の文学部の美学芸術学研究室を修了しています。日本の油彩画の歴史についてはかなりの見識の持ち主だったようです。講演やらなにやらに引っ張り出されていましたから」

「なるほど、優秀な方だったんですねぇ」

「ま、そういうことですね。ちなみに僕は三流私大の経済学部卒で、これといった専門分野はありません」

遥人は自嘲的に笑った。

「絵画の取引などには関わっておられたのでしょうか」

亜澄は目を光らせた。

名画は大変に高額となる場合も多いし、ときには投資の対象ともなる。そんな絵画取引絡みでトラブルがあった可能性も捨てきれない。

だが、遥人ははっきりと首を横に振った。

「いや、親父は美学という哲学の一種が専門領域で、絵画の鑑定家ではありませんから、絵画の取引などには関与していなかったと思いますよ。もっとも鎌倉美術館が買い上げる絵画作品については、いちばん発言力を持っていたと思いますがね」

「鎌倉美術館は公営なんですか」

「いえ、財団法人が運営してます」

運営主体が財団法人だとすると、貴遥が絵画購入に当たって不正に金品を受けとれば収賄罪や背任罪を構成することもあり得る。

「鎌倉美術館は長谷三丁目にあるんですよね」

鎌倉美術館の住所は捜査会議でも伝達されたが、元哉には場所がよくわからなかった。

「ええ、長谷観音のバス停から四〇〇メートルもない場所です。鎌倉能舞台の近くですよ。表通りに面していないのでとても静かな場所です。幸か不幸か一般観光客などは来ないそうです。大人になってからは、僕もほとんど行ってないですね」

遥人は淡々とした口調で語った。

「お父さまはクルマで通勤されていたのですか、それとも江ノ電を使っていたのでしょうか」

「親父は歩いて職場に通ってましたよ」

なんの気ない調子で遥人は答えた。

「もしかすると、長谷配水池から大仏坂のあの道を歩いて通勤なさっていたのですか」

亜澄は驚きの声を上げた。

となると、貴遥は退勤時の通勤途上で殺された可能性が高い。

「そうですよ。ここから美術館までは一キロもありませんからね。極楽寺駅までは約一キロです。ぜんぶ歩いたほうがラクってわけです」

遥人はちいさく笑った。

「事件当日の一昨日、つまり火曜日の夕刻のお父さまの行動は予想できますか。美術館を定刻通りに出られたそうなんですが……」

「さぁ、僕は親父とは滅多に口をきかないんでよくわからないですね」

遥人は首を傾げた。

「失礼ですが、あまり仲がよくなかったとか？」

亜澄は慎重な顔つきで尋ねた。

「いや、別に仲違いをしていたわけじゃありません。生活時間が合わなかったんです。僕の仕事は午後七時くらいに終わることが多いんですけど、仕事が終わってから友だちと夕飯を食いながら飲むのが日常なんですよ。家に帰ってくるのはだいたい午後一時くらいなんで、親父はもう寝てます。僕が九時くらいに起きるときには親父は出勤後というわけです」

遥人は平らかな口調で答えた。

元哉は遥人の顔をじっと見たが、ウソをついているようには見えなかった。

「お父さまの勤務時間はどうなっていましたか」

「親父の勤務時間は午前八時半から午後四時半です。美術館自体は九時から四時までの開館時間で、よその美術館より早いんです。鎌倉は朝も夜も早い街ですからね。まぁ残業することも少なくなかったようですが。休館日の月曜日は休日で、あとは週に一回ほかの人と交代で休んでいたようです」

遥人はよどみなく答えた。

「あの……また失礼な質問になりますが……」

亜澄は言いよどんだ。これは演技というか演出だ。

「どうぞ、なんでも訊いてください」

快活な声で遥人は答えた。

「お父さまに恨みを持っていた人間に心当たりはありませんか」

静かな声で亜澄は訊いた。

殺人事件では関係者に必ず訊く問いだが、息子にとっては不愉快な質問のはずだ。

「まず考えにくいですね。親父は誠実、きまじめを絵に描いたような人間でした。それから温厚で他人との対立を嫌っていました」

遥人はおだやかな声で答えた。

「素敵なお父さまだったのですね」

亜澄の言葉に遥人は奇妙な声で笑った。

「へぇ、素敵って言うんですかね。僕からすると、堅苦しくてつまらない親父でしたよ」

遥人の笑いは失笑という感じだった。

「もっと失礼なことを伺います」

亜澄は声を落として言った。

「なんか怖いな……なんですか？」

冗談めかして遥人は訊いた。

「お父さまに女性関係でトラブルなどはありませんでしたか」

この亜澄の問いに、遥人は天井に顔を向け大きな声を出して笑った。

「どうしました？」

けげんな顔で亜澄は訊いた。

「ははは……あり得ませんよ。僕と正反対でしたから」

遥人は笑い混じりに言った。

「はぁ……」

亜澄は返事に困っているようだった。

「僕はひとりの女性と半年も持ったことが数えるほどしかないんですよ。だけど、親父ときたら、おふくろ以外には女性を知らないんじゃないんですかね」

平然と言う遥人に、亜澄は目を瞬いた。

「あの……お父さまは離婚なさっていますよね」

ようやく亜澄は言葉の接ぎ穂を見つけたようだ。

「僕が高校生のときです。原因はおふくろの浮気です。浮気と言っていいのかな……おふくろに男ができて飛び出したんですが、親父は泣いて戻ってくれと頼んだんです。でも、おふくろは出て行ってしまった。おふくろはその男とは別れてほかの男とつきあい、いまは名古屋で別の家庭を作っています。それから親父は一度も女性とつきあったことはなかったと思いますよ。僕は親父の血ではなく、おふくろの血を引いちまったんですかね」

ふたたび遥人は声を立てて笑った。

「その後、お父さまは再婚しなかったんですね」

事実はわかっているが、亜澄は念を押した。

「ええ、ま、僕という子もいたし、親父は女性を口説くようなことができるわけもなかった。その後は女性とは縁がなかったはずです。ま、男手ひとつで僕を育てたわけですが、僕ももう高校生だったんで、衣食住を提供してもらって学費を出してもらえればそれでよかったですからね」

遥人の声は平らかだった。

そもそも質問の最初から、遥人の感情は安定していてブレを感じない。

刑事に質問されてこれだけ落ち着いている人物は少ない。

「お父さまの交友関係についてなにかご存じのことはありませんか」

亜澄は質問を変えた。

「親父には友人は少なく、つきあいがあったのは東大時代の友だちくらいでしょうか。

その友人たちも社交的な人たちじゃないので、この家に親父の友人が訪ねて来たりはしなかったですね。職場の人たちとも個人的なつきあいはなかったようです。いつも美術館と家の間を同じような時間に往復して、夜は調べ物に時間を費やすというような毎日でした。仕事がすべてといったような人間で趣味らしい趣味はなかったです。この点でも僕と正反対でした」

またも遥人は声を立てて笑った。

「遥人さんはどんな趣味をお持ちなんですか」

亜澄の問いに遥人はニカッと白い歯を見せた。

「僕ですか、ウィンドサーフィンに、ＳＵＰ、ディンギーなんかですね。ダイビングもやりますよ」

嬉しそうに遥人は言った。

「なるほど、マリンスポーツ全般ですね」

亜澄は感心したような声を出した。

「金があったらクルーザーを手に入れて、休みの日なんかは伊豆の沿岸や伊豆諸島あたりに船旅したいんですけどね。時間ができたらもっと遠い海へも行ってみたいです。中古艇は安いけど、維持費が掛かるんでね……」

遥人は眉根を寄せた。

「いいですね、憧れます。クルーザーの船旅……」

うっとりとした声で亜澄は言った。

「風が入ってバウが切る波の音と、はらんだセールの鳴る音だけが聞こえてするすると船が滑っていく。動力船では味わえないあの感覚は一度味わうとヤミツキですよ。友だちのクルーザーが逗マリにあるんですよ。今度、一緒に船旅してみませんか」

身を乗り出して遥人は誘った。

「ありがとうございます。機会がありましたら」

亜澄はとまどいの顔で社交辞令を口にした。

逗マリ、または逗子マリとは逗子市の小坪にある《リビエラ逗子マリーナ》を指す俗称である。ヨットハーバー、ホテル、レストラン、屋内外イベント会場、リゾートマンション、テニスコートを有するマリーナリゾートだが、地元の人間は長い名称を勝手に略してそう呼ぶことがある。

「そうですか、小笠原さんって、絶対、海が似合いますよ。三浦半島のおだやかな入江かなんかでアンカリングしてね。星空眺めながらシャンパンとか最高ですよ。冬場は空気が澄んでいるから、ひときわ星がきれいです。三浦半島沖はこのあたりでもいちばん空が暗いんです。どうです？　今度のお休みにでも」

亜澄の目を見つめながら、遥人はまじめに口説いている。

元哉は内心で笑いそうになった。

「はぁ……お父さまの事件を解決するまでは、お休みもない状況ですので」

顔をしかめて亜澄は断った。

「そうでしたね……いまはそんなこと考えてる場合じゃないですね」

しゅんとした顔で遥人は答えた。

しかし、この遥人という男も、父親の遺体が司法解剖中だというのに、亜澄を口説くとはいい度胸だ。葬式の手配などもしなくてはならないだろう。たしかにかなりの女好きのようだ。

気まずそうに遥人は黙った。

「仕事もそっち系なんですよ」

口を開いた遥人は話題を変えた。

「どんなお仕事なんですか」

亜澄は興味深げに訊いた。

もちろん刑事としての興味なのだが、遥人は嬉しそうに身を乗り出した。

「材木座の《サーフサイド・ステップ》っていうウィンドサーフィンとＳＵＰのスクールでインストラクターをやってます。由比ヶ浜は波が少なく風は吹くので、サーフィンには向きませんが、ウィンドサーフィンの好適地なんです。最近は手軽なＳＵＰの人気が高まってますがね。SUPは風の強い日は厳しいですけど」

「冬場もスクールはやっているんですか？」

いまの季節になると、鎌倉では海に入るのは寒いのではないだろうか。ベテランならともあれ、スクールなら初心者を対象としているはずだ。

「基本、三月から一一月しか海には入れません。一二月から二月の三ヶ月はスクールはお休みです。併設されてるショップは開けているけど、ほとんど客が来ないんで、冬場は開店休業ですね」

「開店休業状態で、冬もお仕事してるんですか」

亜澄の問いに、遥人は首を横に振った。

「僕はアルバイトなんで三ヶ月はお休みなんです。本当ならいまごろは北海道にスノボーに行ってる時期です。親父のことがなきゃね……」

悔しそうに遥人は唇を歪めた。

どうも遥人は父の死をそれほど悲しんでいるようには見えない。

「夏はサーフ、冬はスノーですか。ユーミンの古いヒット曲にそんなのありますよね」

あたりさわりのない答えを返したが、亜澄もあきれているような気がする。

「ま、最近はこのあたりのきれいな海をドローンで撮影するのも始めたんで、そっちのほうで時間潰してます」

気にしたようすもなく、にっこりと笑って遥人は答えた。

「ところで、事件当日一一月二九日の午後四時半から六時半くらいの間、あなたはどちらにいらっしゃいましたか」

亜澄は静かな調子で尋ねた。

「お、アリバイの確認ですか」

はしゃいだ声で遥人は答えた。

「あの……関係者の方全員にお尋ねしていますんで」

リアクションにとまどっている亜澄の声だった。

「これは形式的なお尋ねです、ってヤツですね。僕は被疑者っていうわけですか」

遥人は亜澄を茶化している。

「決してそういうお話ではありません。関係者の方全員の居場所を確定したいのです」

言い訳するように亜澄は言った。

「残念ながら、ご期待には沿えなさそうです。一二月から休むんで、あの日はバイト先の女の子ふたりと、ヨット仲間と友だちのクルーザーで海に出ていました。まぁ、月に一回くらいはクルーザーで遊んでるんですけどね。今回も真鶴港のヨットハーバーです。四時半頃だとちょうど真鶴港に戻ってましたね。デッキで夕陽を見ながら乾杯して五時頃から近くの《誉寿司》って寿司屋で相模湾の海の幸を堪能しました。船は友だちが用意してくれてるわけだから、飲み食い代は僕がいつも持ちます。まぁ一回で十数万くらいのことですからね。で、七時頃に船に戻って夜中までみんなで騒いでから寝ました。友だちのクルーザーってのがデカいサロンクルーザーでね。ベッドルームがふたつあるんですよ。男部屋と女部屋にできるんです。で、朝早く警察からの電話で起こされて、びっくりして自分のクルマで帰ってきたってわけなんですよ。友だちの男ふたりと女性ふたりが証人です。なんなら、ここに名前と連絡先を並べてみましょうか。おっと《誉寿司》の大将と女将さん、それからハーバーのスタッフも証人でしたっけ」

ちょっと浮かれた口調で遥人は喋り続けた。

鉄壁のアリバイがあるようだ。

「必要になりましたら伺います」

亜澄はさらっとした口調で答えた。

元哉は遥人の言葉にウソはないと感じていた。

自信たっぷりな口調と浮かれ方だけでわかるが、最低でも七人の証人を持ち出していることからも信憑性は高いと考えられた。

亜澄の横顔が沈んでいる。

アリバイが出たことで、亜澄はかなり気落ちしたように感じられた。

元哉は気になっていたことを訊こうと思った。

亜澄に目顔で訊くと、わずかにあごを引いてOKの意思を示した。

「あの……表のカーポートに駐まっているGクラスですが、お父さんのクルマですか」

元哉の問いに、遥人は首を横に振った。

「いいえ、あれは僕のクルマです。親父は免許も持っていませんでした」

「失礼ですが、あのクルマ高いでしょ？」

クロカン四駆のGクラスは、新車なら最低でも一〇〇〇万円は超えるはずだ。

「アルバイト風情が乗るクルマじゃないって言いたいんですよね」

自嘲気味に遥人は言った。

「正直言うと……わたしなんかじゃとても手が届きません」

元哉のクルマは三〇〇万円に満たない国産車だ。当然、ローンは組んでいる。月に七万円以上を支払うのはラクではない。

「もちろん、ローンなんですけどね」

「それにしたって、月々の支払いが大変でしょう」

大きなお世話だろうが、こうした違和感を放っておけないのが、刑事という職業だ。

「祖父がね、けっこう小遣いくれるんですよ」

遥人は決して恥ずかしそうではなかった。

「お祖父さまですか……」

捜査本部でも、遥人の祖父のことは画家としか聞いていなかった。

「え？　もしかして祖父のこと知らずに、ここに来ていますか」

遥人は素っ頓狂な声を出して身体を反らした。

「はぁ……なにせ捜査は始まったばかりですので……」

言い訳にならないことを元哉は答えた。

「僕の祖父は鰐淵一遥《いちよう》なんです」

遥人は胸を張った。

だが、その名を元哉は知らなかった。

「えーと……鰐淵一遥さんですか」

仕方なく、遥人が口にした祖父の名を元哉はなぞった。

「父の父です。洋画家としてはかなり偉いんですよ」

不満そうに遥人は唇を尖らせた。

「申し訳ないです。わたしは美術関係には非常に暗くて……」

元哉は肩をすぼめた。

「わたしも美術のことはわからなくてすみません」

亜澄は素直に頭を下げた。

「女性像を描かせたら、存命画家では日本で五本の指に入る絵描きです。芸大の油画科を出ていて、武蔵野美術大学の教授を長らく勤めていまは名誉教授となっています。日本芸術院の会員ですが、九年前に文化功労者の称号を得ています」

心外そうに遥人はいくぶん尖った声で説明した。

よくはわからないが、有名美大の名誉教授なのだから絵描きとしては偉いのだろう。

「それは失礼致しました」

あらためて元哉は頭を下げた。

「経済的にも豊かだし、孫は僕ひとりなんでね。まぁ、甘やかしてくれてるんです」

機嫌を直したのか、遥人は明るい顔に戻っていた。

そもそも、我々は存命の画家の名をどれほど知っているだろうか。美術の教科書に出てくるピカソだのマティスだのゴッホは別として……。

だが、いまそんなことを口にするわけにはいかない。

「親父は祖父の審美眼というか美意識を受け継ぎました。だけど創作性みたいなもんは遺伝しなかった。だから学芸員になったわけです。僕は美術的素養はなにひとつ受け継いでいません。だから、美術関係の仕事に就けるはずもない。ま、不肖の孫ってわけですよ」

自嘲的でもなく、いたずらっぽい顔で遥人は笑った。

なるほど高名な洋画家は、不肖の孫がかわいくて小遣いを与えているということか。

「鰐淵画伯はどこにお住まいなんですか」

亜澄が横から質問した。

「同じ極楽寺の月影ヶ谷の奥に住んでます。江ノ電車庫の裏山って言えばいいのかな。ここからは一・六キロくらいの距離です。僕はクルマで行くので、あっという間に着きますけどね」

気楽な調子で遥人は答えた。

「よくお遊びに行かれるんですか」

畳みかけるように亜澄は訊いた。

「ええ、まぁ……。スポンサーですからね」

遥人は照れ笑いを浮かべた。

小遣いをもらうために、祖父の機嫌を取りに行っているのだろう。

「鰐淵画伯のご連絡先を伺ってもよろしいでしょうか」

「スマホで送りましょうか」

にこやかに遥人は言った。

「お電話番号をこちらに書いて頂ければありがたいです」

さっと手帳を開いて亜澄は細いペンを差し出した。

遥人はちょっと残念そうにペンを走らせた。

亜澄は自分の携帯番号を知られたくないのかもしれない。

星空を見ようというメールを公用スマホに送ってくるとも思えないが……。

「ありがとうございます。ところで、画伯はおいくつになるんですか」

亜澄は質問を再開した。

「今年五月に八〇歳になりました」

「お元気なんですか」

「いちおう元気ですけど……」

遥人は顔色を曇らせた。

「ご病気をお持ちなのでしょうか」

「詳しくは話してくれませんが、東京の病院に通院しているようです。やっぱり心配です」

暗い顔で遥人は答えた。

八〇歳の老人なら、持病のひとつやふたつを持っていてもあたりまえだ。

「ああ、もうけっこうです」

亜澄は一遥についての質問を打ち切った。

鰐淵一遥は高齢だし、本件とは直接の関係はないだろう。

プライバシーについて必要以上に突っ込むのは得策ではない。

むしろ一遥本人から貴遥の周囲についてなにか聞けるかもしれない。

「いろいろとありがとうございます。ほかにお父さまに恨みを持つような人や、その原因と考えられるような事実はなにか思いあたりませんか」

亜澄の問いに、遥人は天井を仰いでちょっとの間考えていた。

「さっきも言いましたけど、僕は親父とはほとんど話をしていなかったんで、やっぱり思いつくようなことはありませんね……僕よりも鎌倉美術館の人なんかに訊いたほうがいいと思いますよ」

遥人はまじめな顔で言った。

亜澄はちらりと元哉の顔を見た。

もう質問のない元哉は、亜澄に向けて首を横に振った。

「お葬式のお手配などでお忙しいところ、貴重なお時間をありがとうございました」

丁重に亜澄は礼を述べた。

元哉は黙って頭を下げた。

「手配は葬儀屋さんにおまかせしていますので大丈夫です。親戚も祖父以外にはなく、友人も少ないので連絡はあらかた済みました。ごくささやかに執り行うつもりですのでご心配なく」

遥人は気楽な調子で答えた。

「そう言って頂ければ助かります」

やわらかい声で亜澄は答えた。

「クルーザーに乗りたくなったら連絡してくださいね」

さすがに亜澄も顔をしかめた。

「はい、その節は」

適当なお愛想を言って、亜澄は元哉と一緒に玄関から外へ出た。

ふたりは遥人の家から少し離れたところで立ち止まった。

「情報量はかなりあったけど、直接ホシにつながりそうな話は聞けなかったな」

元哉は冴えない声で言った。

「でも、鎌倉美術館の同僚たちと、一遥画伯には会わなきゃね」

亜澄は少し声を弾ませた。

「このあとはどうする？　反対方向だろ」

鎌倉美術館に向かうなら、長谷配水池からもと来た道を大仏坂方向に戻る必要がある。貴遥の通勤路だ。また、鰐淵一遥に会いに行くのなら極楽寺駅の方向に出なければならない。

「美術館の職員さんなら開館中はだいたい会えるよね。一遥画伯に電話入れてアポとってみるよ」

亜澄はスマホと手帳を取り出しながら言った。

「そうだな、老人だから体調の問題もあるし、病院通いをしてるって言ってたしな」

たしかに鰐淵一遥とはタイミングが悪ければ会うことは難しいかもしれない。

「おはようございます。鰐淵先生のお宅ですか……わたくし鎌倉警察署の小笠原と申します……」

愛想のよい声でしばらく話していた亜澄が電話を切った。

「出たのはお手伝いさんみたいだけど、会ってくれるって。三〇分以内の会話ならＯＫだってさ」

「そりゃよかった」

元哉から自然と弾んだ声が出た。

一日無駄足になる場合もある刑事の仕事だ。効率がよいことはやはり嬉しい。

「極楽寺駅方向に馬場ヶ谷を下って行くよ」

亜澄は谷戸の下の方向を指さした。

「遥人は一・六キロって言ってたな」

「うん、早足で二〇分ってとこだね」

亜澄は歩き始めた。

馬場ヶ谷の谷戸にはずらっと民家が並んでいた。

比較的開けた明るい谷で、住み心地は悪くなさそうだ。

新しくきれいな家や洒落たデザインの家が多い。

里見邸のあたりのような歴史ある家や広壮な邸宅などは見られなかった。

あのとき訪ねた扇ガ谷の谷戸には、立派なお屋敷が次々に続いていた。

亜澄の話では、扇ガ谷には戦前から有名な文学者がたくさん住んでいたそうだ。

この馬場ヶ谷は、住宅地としての歴史はそれほど古くないのかもしれない。

だが、この谷戸もやはり高級な住宅地という雰囲気はある。

左右の森からはコジュケイの「チョットコイ　チョットコイ」として知られる独特の鳴き声が響いてくる。

赤や黄色に染まり始めた木と常緑樹の緑が複雑な模様を作っていた。

「しかし、遥人は父親の死を悲しんでる風には見えなかったな」

クルマが一台通れるくらいの幅の道を下りながら元哉は言った。

「うん、あたしもそう思った。とつぜん亡くなった。しかも殺されたんだよ。ふつうならショックを受けているところだよね。遥人さんにはそんな雰囲気は少しも感じなかった。わりあいと平然というか。父親が死んだことを面倒くさがっているとさえ思えた」

元哉が感じたことは、亜澄と同じだったようだ。

「おまけに小笠原を口説いてたしな。クルーザーで星を見ながら乾杯しようってさ」

笑いをこらえながら、元哉は言った。

「あれには驚いたよ。そりゃああたしはかわいいけどさ」

ちょっと立ち止まると亜澄は腰に手をやるポーズを作った。

「自分で言うか」

元哉はあきれ声を出した。

「だってほんとのことだもん」

得意げに亜澄は笑った。

「おまえ長生きするよ」

「ありがとう」

「そこは礼を言うとこじゃないだろ」

元哉は馬鹿馬鹿しくなった。

「遥人さんは被疑者候補とまでは言えないけど、今後の動静には注意したほうがいいね」

まじめな声に戻って亜澄は言った。

「だけど、あの男のアリバイ、あれは本当だろ」

元哉の言葉に亜澄ははっきりとあごを引いた。

「裏とんなきゃならないけど、遥人さんが実行犯という可能性はゼロと言っていいね。ウソなら、アリバイを話すときにあんな態度はとれない。だけど、共同正犯とか従犯の可能性はゼロとは言えないと思う」

　真剣な目つきで亜澄は言った。

「動機はよ？」

　遥人のはっきりとした動機は、元哉には考えつかなかった。

　なにせ父親殺しだ。ふつうの殺人よりも規範的障害……犯罪実行へのハードルは高い。

「あのベンツと言い派手な遊び方と言い、遥人さんは浪費家だと思うんだよ。バイトでいくらもらっているか知らないけど、十数万の飲食代を毎月負担してるっておかしいじゃない。給料がぜんぶすっ飛ぶよ」

「そうだなぁ、どう考えても見栄っ張りだなぁ」

「おまけに年間九ヶ月しか働いてないんだよ。その浪費を一遥画伯からのお小遣いでまかなっている部分も大きいと思うけど、ああいうタイプはヤバいんだよ」

　亜澄は眉をひそめた。

「金に困って犯行に及ぶタイプか」

　元哉の問いに亜澄はあごを引いた。

「盗犯には多いんだよ。収入と支出のバランスが取れなくて、それでも浪費がやめられなくて犯罪に走る人間って……。いちばん多いのはギャンブル依存症だけどね」

　考え深げに亜澄は言った。

亜澄は厚木署の盗犯係にいたことがある。交番《ハコバン》勤務のあとはずっと強行犯畑の元哉とは違って、盗犯には詳しい。

「ギャンブルの話は出てなかったけどな」

「まぁ、こっちからも訊いてないからね。ま、遥人さんが父親の死に伴ってどれくらいの遺産を相続するかも調べる必要があるかもね」

亜澄は低くうなった。

「まぁ、あの家自体はそれほどの値段はつきそうになかったな」

小ぎれいな家だが、豪華といえるような建て方ではなかった。敷地面積もそう広くはない。

「だけど、正直言うとね、遥人さんが犯人とは感じられないんだけどね」

空をちょっと見上げて亜澄は言った。

「俺もまぁそうだな。あいつは人殺しができるようなタマじゃないと思う。気のちいさな男だよ」

単なる元哉の直感なので根拠はない。

「予断は排除しなきゃね」

小言のような亜澄の口調だった。

「小笠原だって言っていたくせに、なんで俺には上から目線なんだよ」

さすがにムッとした。

「自分自身に言ってんのよ」

すました顔で亜澄は言葉を継いだ。

「遥人さんが誰かにそそのかされた、っていうようなケースも考えられるからね」

「ま、いいや。とにかく道を急ごう」

元哉は足を速めた。

晴天のもと、馬場ヶ谷に吹き渡る風は、落葉樹の香りを乗せていた。

どこか甘い匂いが、元哉には心地よかった。

道の右手に稲村ヶ崎小学校の校舎が見えてくると馬場ヶ谷は終わった。学校の正門のところを左に曲がって百数十メートルほど進んだあたりで亜澄が立ち止まった。

「ここの右側すぐに極楽寺の山門があるんだ。見てかない？」

「ああ、そうしよう」

ほんの少し歩くと極楽寺の山門が現れた。

茅葺き屋根の古式ゆかしい山門に北条氏の三つ鱗紋の幔幕が飾られている。

全体の構造のなかで不釣り合いに大きい。

「極楽寺はね、鎌倉初期に忍性菩薩《にんしょうぼさつ》と呼ばれたお坊さんが開山したんだ。開基は北条重時で、鎌倉には珍しい真言律宗のお寺なの。忍性菩薩はいまで言う社会福祉事業に尽力した人で、このお寺にも施薬院、療病院、薬湯寮といった医療・福祉施設が建ち並んでいたんだって。いちばん栄えたときには七堂伽藍や四九もの子院があったんだ。さっきの稲村ヶ崎小学校も極楽寺駅もみんな境内だったんだよ」

山門に視線を置いたまま、亜澄は言った。

「へぇ、そんなに立派な寺だったのか」

目の前の山門は、かたちがよく美しいたたずまいを持ってはいる。しかし、そんな大寺院にふさわしいものではない。

亜澄はそのまままもとの道に引き返した。

《さくらばし》という銘板がみえるちいさな赤い橋が架けられていた。下を覗き込むと江ノ電の線路が光っていて、左にトンネル、右には極楽寺駅が見えている。

橋の突き当たりは三叉路になっていた。

「ここから左は極楽寺坂って言うの。自動車道路の脇に山道が併行しているんだけど、極楽寺切通しだよ。大仏切通しと並んで鎌倉七口っていう切通しのひとつ。でね、峠のあたりは由比ヶ浜の眺めが素晴らしいの。そこに成就院《じょうじゅいん》ってちいさなお寺があって紫陽花がきれいなんだ」

鎌倉は三方を低い山、一方を海に囲まれ、敵勢からの防御には最適な地形を持っていた。一方で人や物資の通行には不便だったため、山の稜線部分を開削して道を拓いた。このようにして作られた道を切通しとよび、名越《なごえ》切通し、朝夷奈《あさいな》切通し、巨福呂坂《こぶくろざか》切通し、亀ヶ《かめが》谷坂《やつざか》切通し、仮粧坂《けわいざか》切通し、大仏切通し、極楽寺切通しの七箇所は「鎌倉七口」とも呼ばれる。現在は通行できなくなっているが、ほかに釈迦堂《しゃかどう》切通しも存在する。

極楽寺切通しを除いた七つの切通しは、当時の古道の面影をよく遺していて、国の史跡に指定されている。

極楽寺切通しは、坂の下から極楽寺を通って七里ヶ浜、さらには片瀬方面に抜ける道で、かつては鎌倉と京を往還するための重要な出入口であった。自動車道路を作るために開削されて当時の姿は留めていないが、成就院境内の高さ付近を通る急な傾斜を持つ細い崖道だった。

楽しそうに亜澄は言葉を続けた。

「でもね、月影ヶ谷は反対の右側に曲がって線路沿いに進むの」

話し終えると、亜澄は右側の坂を下り始めた。

線路沿いに坂を下って極楽寺駅を通り過ぎ、右手に江ノ電車庫を見て亜澄は進んだ。

右の分かれ道に入って小規模な踏切を渡る。

「ここからの谷戸が月影ヶ谷だよ。この左手の石碑は阿仏尼の屋敷跡なんだよ」

亜澄が指さす先に先が尖った石碑が建っていた。

「誰だっけ」

元哉は中学か高校で習ったことがあるようなぼんやりした記憶があった。

「鎌倉時代中期の歌人。京から下って鎌倉に滞在した日々を記した『十六夜日記』が有名だよ」

知識を誇る風でもなくさらりと亜澄は言った。

そうだ、大学受験のときに勉強した記憶がある。

「しかし、小笠原はほんと鎌倉に詳しいな」

いつも思うことだが、あらためて元哉は感心していた。

「なんだか憧れるんだよ」

亜澄は笑みを浮かべて言った。

「前に言ってたな。平塚と違うからだって」

元哉と亜澄は平塚駅前の商店街育ちだ。

「そう、あたしは吉川くんと同じで平塚生まれの平塚育ち。あの街が大好きだよ。だけどね、なにもかもが違うから鎌倉に惹かれるんだと思うな」

「たしかに平塚と鎌倉はいろんな意味で正反対かもな」

「ほら、男女だって正反対のキャラの相手に惹きつけられるでしょ」

「まぁ、小笠原は自分と似たタイプだけは避けるべきだな」

のどの奥で元哉は笑った。

「なによ、それ」

頬をふくらませて亜澄は月影ヶ谷の奥へ続く坂道を登り始めた。

3

鰐淵一遥画伯の屋敷は月影ヶ谷の奥のちょっと開けた枝分かれした谷にあった。

存在感を感じさせる建物だ。

前回の事件で訪ねた里見邸のように大きな建物ではない。だが、白い漆喰壁に赤レンガや大谷石を多用した外観は洒脱で文化財となってもおかしくない雰囲気を漂わせていた。

昭和初期か大正なのか、いずれにしても一〇〇年近く経っていそうな邸宅だった。

「馬場ヶ谷の家と違ってこっちは立派だな」

思わず元哉はうなり声を上げた。

貴遥の家は小ぎれいだったが、この屋敷のような豪邸ではなかった。

「また、そうやって豪華な屋敷にひるんでる」

すぐに亜澄が聞きとがめた。

「ひるんでなんていないよ。だいたい小笠原だって見とれてんじゃないか」

元哉は口を尖らせた。

「見とれるのとひるむのは意味が違うでしょ。美しい建物には誰だって見とれるよ」

亜澄の屁理屈を相手にしていると日が暮れる。

「ああ、そうですか」

会話を打ち切り門を入った元哉と亜澄は、大谷石とレンガを用いた玄関ポーチに立った。

呼び鈴を押して反応を待った。

しばらくすると、ライトグレーのカーディガンを着た七〇代なかばの小柄な女性が出てきた。

雰囲気からしてこの家の家事使用人と思える。

「いらっしゃいませ」

女性は深々と頭を下げた。

ふたりはそれぞれ名乗って警察手帳を掲げた。

「このたびはご苦労さまでございます。お電話をお受けしたのはわたしです。先生は書斎でお待ちしております」

手を室内に差し伸べて老女は言った。

広いロビーは漆喰壁に焦げ茶色の窓枠や柱がレトロだった。リブが施されている柱がエレガントだ。

「おお！」

元哉は思わず声を上げた。

漆喰壁には何点もの油彩画が展示されていた。

多くは長辺が七〇センチから九〇センチくらいの中型のサイズで、すべてが若い女性をモチーフとした作品だった。

「素敵！」

亜澄も絵画に見入っている。

「御作のなかでも、先生ご自身がお気に召したものばかり飾っております」

老女はにこやかに説明してくれた。

五重塔を遠景にした京都らしき町の坂道を歩く洋装の女性。

青空に虹が架かる花畑にたたずむ和装の妖艶な美女。

紺地の浴衣を着たふたりの童女が、夜店の並ぶ夜祭りのなかを金魚の入ったビニール袋を手にして歩いている姿を描いたもの。

白いワンピース姿の少女が夏の白樺林に立っている作品は、かなり前の時代をモチーフとして描かれたものではないだろうか。

具象画ばかりなので、素人の元哉にもわかりやすく親しみやすかった。

砂漠で日傘を差している和装の美女の背景に、夜空に浮かぶ満月を描いたシュールな作品もあった。

それぞれの女性は静かなたたずまいを持ちながら生き生きとした表情に輝いている。

全体として、明るい色彩で繊細さと大胆さが同時存在しているような作品ばかりだった。

「まるで美術館ですね」

亜澄は感に堪えないような声を出した。

「古いものですと、安井賞や宮本三郎賞などの受賞作、最近のものはとくにお手もとに残したいとお考えになっている作品です」

にこやかな笑顔で女性は説明した。

焦げ茶色の手すりが優美な階段を上ると、同じような色の板敷きの廊下が続いていた。ここにも点々と作品が展示してあった。ロビーより狭い廊下に合わせたものか、五〇センチくらいのいくぶん小ぶりの作品ばかりだった。こちらもすべて女性像だった。

女性に先導されて木扉の並ぶ廊下を進むと、左側に少し大きな扉があった。

「こちらのお部屋で先生はお待ちです。失礼します」

ドアをノックして女性は声を掛けた。

「どうぞ」

室内から答えが返ってきた。

女性はドアを開け、元哉たちは入室した。

この部屋は窓が広くとってあって、ロビーや廊下とは違って窓枠は白い塗装が施されている。

どうやらサンルームとして造られた部屋のようであった。

室内には細かい織り模様が目立つゴブラン織りのソファセットが置いてあった。

かたわらには大きなココヤシの鉢が据えられていた。

窓辺のレースのカーテンを通ったやわらかい光で室内は満たされている。

洋画家鰐淵一遥は、ソファの向こう側で静かに微笑んでいた。

「よく見えた。お待ちしていたよ」

一遥は低くよく通る声で語りかけてきた。

やや薄い髪の毛も、口や頬、あごにたくわえたヒゲも真っ白だった。

長方形の輪郭や大作りの顔だちは遥人とはまったく似ていない。

目鼻立ちは整って彫りが深い。

老芸術家にはたしかな貫禄と威厳があった。

両の瞳には生き生きとした光が宿って、五歳くらい年下にも見える。

ただ、年のせいかちょっと土気色の顔が気になる。

一遥は明るい紫色のシルクシャツの上に紺色のニットカーディガンを羽織っている。

奥行きのある人物らしき風貌に、ゆったりしたファッションがよく似合っていた。

一遥が座る右手の壁には金色の額に入った七〇センチくらいの絵が飾ってあった。

茅葺き屋根の山門のかたわらに白い着物を着た若い女性がたたずんでいる絵だ。

さっき見た極楽寺の山門らしい。前景には青や紫の紫陽花が咲き乱れている。

かなり暗い色合いで、ロビーや廊下に飾られていた絵とは雰囲気が違う。

「神奈川県警の小笠原と申します」

亜澄はしっかりとした声で名乗った。

「同じく吉川です」

ふたりはそろって一礼した。

「さ、掛けなさい」

鷹揚な調子で一遥は言った。

元哉と亜澄は、一遥の正面に並んで座った。

「応接間に下りてゆくのも面倒だったんでな。このサンルームは僕が書斎代わりに使っている部屋だ。隣が寝室でね。本を読んだり音楽を聴いたりするのはこの部屋でね」

おだやかな口調で一遥は言った。

部屋の隅にはニス塗りの木目がつやつやかな高級そうな大型スピーカーが鎮座している。

「明るくてオシャレなお部屋ですね」

亜澄はお愛想ではなく本音で言っているようだった。

元哉には縁はないが、こんな部屋でのんびり音楽でも聴いたら楽しいだろうと思う。

いきなり一遥が身を乗り出して亜澄の顔をじっと見つめた。

亜澄はちょっと身を引いた。

「うーん、君の目はいいね。独特の光がある」

そう言って一遥は鼻から息を吐いた。

「わたしですか……」

さすがに亜澄も驚いたようだ。

「ああ、賢く力強く輝くその瞳で真実を見抜こうとしている。そんな姿を描いてみたいよ」

一遥は言葉に力を込めた。

元哉は心底驚いたが、画伯は本気のようだ。

真剣な目つきで亜澄を見ている。

「恐れ入りますぅ」

亜澄は上機嫌そのもので鼻から声を出している。

ますます亜澄がつけあがるだろう。

元哉は憂うつになった。

それにしても画家の感性というのは、一般人には理解しにくい。

「僕は生涯、刑事さんという職業とは縁がなかった。こんなかたちでお世話になるとは思わなかったよ。まさか貴遥があんなことになるとはなぁ」

一遥の唇は細かく震えた。

両の瞳はわずかだが湿っている。

悲しみをこらえていることが、元哉にもよく伝わってきた。

「このたびはまことにご愁傷さまでございます」

亜澄は声を落として弔意を示した。

「お悔やみ申しあげます」

元哉も頭を下げた。

「ありがとう……それで僕になにが訊きたい？」

一遥は元哉たちを交互に見て訊いた。

「ご承知のように、わたしたちはご子息の貴遥さんの事件を解決するために捜査を開始しました。まだ確定的なことはなにも申しあげられないのですが、ご子息さまは個人的な事情で惨禍に遭った可能性があります。そこで、ご子息さまを取り巻く人間関係などについて、先生がお気づきの点などございましたらお教え頂きたいのですが」

相手が高名な画家とあって、亜澄はことさらに丁重に質問を開始した。

「ふぅむ……貴遥の人間関係か」

一遥は腕組みをした。

「大変失礼なのですが、記録をとるためにメモか録音をお許し頂きたいのですが」

亜澄は丁寧な口調で頼んだ。

「ああ、かまわんよ。録音しなさぃ」

屈託のない声音で一遥は許した。

亜澄はICレコーダーを取り出してソファテーブルに置くとスイッチを入れた。

「最初にお断りしておくが、僕と貴遥はあまり仲がよくなかった」

ふたりを交互に見ながら、宣言するように一遥は言った。

「いったいどういう理由なのでしょうか」

慎重な口調で亜澄は尋ねた。

「貴遥は絵画作品を研究の対象としてみる。それが僕には気に入らなかった。絵というのはね、画家の魂をキャンバスに再現するものだ。愛をこめたり、ときには怒りを叩きつけたり。そのとき五感からほとばしる情念を表現するのが絵画だ。少なくとも僕はそうして絵を描いてきた。ところが、貴遥らの研究者は絵画を歴史のなかで無理に位置づけようとする。画家は、そして絵画作品は恐竜の化石じゃないんだ。僕はね、ジュラ紀後期、竜脚類の鰐淵一遥などと呼ばれたくはないんだ」

乾いた声で一遥は笑った。

「はぁ、なるほど」

亜澄は首を傾げた。

元哉にも意味のわからない言葉が続いていた。

「たとえば君はゴッホという画家を知っているだろう?」

いきなり一遥は元哉の顔を見て訊いた。

「はぁ……名前と、『ひまわり』とかいくつかの作品くらいは……」

元哉は肩をすぼめた。

正直言って、美術のことなどなにもわからない。

「フィンセント・ファン・ゴッホ、ポール・ゴーギャン、ポール・セザンヌらは一般にポスト印象派、ポスト印象主義などと呼ばれて分類されている。相互に影響を与え合っていたことは事実だが、ひとまとめにすることに意味があるのか。彼らはポスト印象主義の旗を掲げて運動していたわけじゃないんだ。苦悩の末に精神に異常を来し、自分の耳を切り落としたゴッホ。タヒチを愛し島の娘と結婚して、その一族の争いに巻き込まれて生命を落としたゴーギャン。小説家エミール・ゾラの影響で絵を描き始めたものの、晩年まで認められずストイックに画法を求め続けたセザンヌ。この三人の人格に何らかの共通点があるのか。彼らが同じ精神性を持っていたと言うのか。なにひとつない。彼らは自らが絵を描くことを愛し、ときに憎み、もだえ続け画筆をとり続けた。だが、それは画家ならあたりまえのことだ。印象派の影響を受けた、印象派の後の時代に活動した。だからと言ってなんでそんな風にまとめるんだ。彼らがいつも一緒に絵を描いていたわけでもないんだぞ。絵描きにはね、誰しも個人としてのパトスがあるんだ。それを渾身の力をもって表現するのが仕事だ。だが、息子たちは誰かと誰かをまとめたがる。誰が誰に影響を与えたか分析したがる。美術史のなかで位置づけする。意味のないことだ」

一遥は激しい声音で言った。

貴遥らの仕事は大いに意味があるように、元哉には感じられるのだが……。

だが、元哉は素人だ。自分の考えが正しいという自信はない。

「ご高説はわたしたちには難しくて……」

亜澄は気弱な声を出した。

元哉も美術論を聴きにきたわけではない。

こんな話をされても豚に真珠もいいところだ。

「あははは、失礼。とにかく息子は芸術家じゃない。それが貴遥にとっての幸せだと思っていた。絵描きなんてのは苦しいばかりの仕事だからな。だが、ヤツは絵描きに対しておかしなコンプレックスを持っていたんだ。自分は絵がわかるのに描けないからだ。思えば気の毒なことよ。絵がわからなければそれでもいいんだ。しかし、貴遥は森羅万象の存在の美しさや醜さはきちんと理解できる。だのに、それを表現する手段を持たなかった。だから、僕は絵描きだ。そのせいか、僕にもくだらん画論をふっかけてくることが多かった。父親は絵描きだ。僕は貴遥とはあまり会いたくなかったんだ。親子は馬鹿話をしてニコニコ酒でも飲んでればいいんだ。僕たち親子の関係は不幸だった。ヤツもそれがわかっているから、僕のところには滅多に顔を出さなかった。あいつはまだ五二だろう。まさか僕より早くいなくなるとはな。悲しいよ。僕が先に逝けばよかった。あいつにはまだまだ春秋がたくさん残っていたんだ」

急に一遥の両目から涙があふれ出た。

「本当にお気の毒です」

亜澄が慰めるように言った。

「ああ、すまん……つい感情的になってしまった」

一遥はちいさな声で詫びた。

この部屋に案内してくれた女性が、元哉たちと一遥画伯のお茶を淹れて持って来てくれた。ここでも好待遇だ。

「さて、君たちの求める答えにはなっていないかもしれんが、貴遥が殺されるような原因は僕にはまったく思いあたらん。くそまじめで人には親切な人間だ。僕が若い頃のように大酒飲んで仲間とケンカするようなバカでもない。息子は僕に似ず、八年前死んだあれの母親の血を濃く受け継いだようだ。僕には息子を殺すほど恨んでいた人間がこの世にいるとは思えない」

きっぱりと一遥は言い切った。

一遥と遥人……父親と長男から、貴遥が殺されるような原因は考えられないと言われた。

犯人の動機は容易にわからない。深い闇のなかにあるのではないか。

事件解決の困難さを元哉はあらためて感じた。

「繰り返しになるが、先に逝くべきなのは僕だったんだ。どうせ長くはない生命だ」

一遥は嘆くような声を出した。

「ご子息さまはまだお若かったですものね」

亜澄はさりげない答えを返した。

一遥は静かに首を横に振った。

「いや、実はもうね。僕には冥界からお呼びが掛かっているんだ。先月、ちょっと調子を崩してかかりつけの医者に診てもらった。そしたら肝臓に進行したがんが見つかってね。ステージⅣだそうだ。一年の余命宣告を受けたよ。年齢が年齢だから大がかりな手術をすれば、手術室から出てこられない。抗がん剤と放射線の治療もダメージは大きい。僕はね、いまさらジタバタしないでこのまま世を去りたいと思っている。症状が進んで、痛みが激しくなったら緩和ケアは受けたいがね」

静かだが、意外に明るい声で一遥は重い事実を告げた。

「それは……」

元哉は言葉を失った。

亜澄の喉が鳴る音が聞こえた。

一遥の顔色はすぐれないが、まさかそんな病気にとりつかれているとは思わなかった。

「ははは、ふたりともそんなに悲しそうな顔をしないでくれ。この歳になればわかるだろうが、いつ死んでもなんの不思議もないんだ」

快活に笑う一遥に、元哉と亜澄は答えを返せなかった。

しかし、初対面の元哉たちにこんな話をするとは。

おそらく家族やこの家の使用人はもちろん、一遥と近しい者たちは皆、彼の病気を知っているものに違いない。

孫の遥人は、一遥の病状について「詳しくは話してくれませんが」と言っていたが、こうなると信じられない。遥人としては重篤な病状を元哉たちに話したくない理由があったようだ。事情ははっきりしないが、遥人の発言をすべて鵜呑みにすることは危険だろう。

「人間っていうのはね。どんどん衰えてゆく。そうでなければ死ぬことができないからね。肝臓が傷んできたのは、飲み過ぎのたたりだろう。だけど、それはまた、僕が死ぬための準備段階でもあるんだ。天然自然の摂理さ」

恬淡とした声で一遥は言った。

その姿は元哉には清々しく見えた。

「尊敬します。お言葉に感銘を受けました」

亜澄は声を震わせた。

「いや、君たちは長い春秋をよりよく生きなければならん。さて、ちと困っていることが出てしまった。僕より先に貴遥が死んでしまったことだ。となると、法律上、この家と僕が大事にとっておいた美術作品はすべて遥人が相続することになる」

「代襲相続ですね」

亜澄の言葉に一遥は大きくうなずいた。

「そうだ。美術作品はかなりの金額になるはずだ。数億円にはなろう。貴遥はああいうまじめな男だ。絵画作品への愛もある。それなりに保管してくれるだろう。だが、遥人はダメだ。誰よりもかわいい孫だが、僕よりもさらにだらしのない男だ。金に困ってもいる。僕の絵を片っ端から二束三文で売り払ってしまうおそれがある。また、まとまった金が入ったら、遥人はさらに自堕落な生活を送る羽目になる。決してよい人生を送れないだろう」

一遥は眉根を寄せた。

「お孫さんの将来を心配なさっているのですね」

亜澄は差し障りのない答えを返した。

「ああ、遥人に不幸な人生を送らせたくはないんだ。あの子がかわいいからこその悩みだ」

眉間にしわを刻んで一遥は言った。

さっき本人に会って、遥人の人格に触れた元哉としては、一遥の憂慮はよく理解できた。

「この家も一億くらいにはなるだろうがくれてやってもいい。現金はたいして残っていないだろう。三人の使用人の退職金や税金など、すべての精算を済ませたら四、五千万程度か。これは相続させてもいい。だが、僕の絵は遥人には遺したくないんだよ。そこでね、急きょ弁護士の酒巻《さかまき》を呼んで、昨夜、遺言書を作らせた。遥人に精算を済ませた現金とこの家の家具や不動産だけを相続させることにしたんだ。だが、相続人がひとりなので、絵画の一部が遺留分となって遥人の手に渡ってしまうおそれがある。ということで、この家にある僕の絵をすべて寄付することにした」

被相続人の遺言に反して、法定相続人は民法で定められた一定割合の財産を相続する。これを遺留分と呼ぶ。

幸いにも元哉は相続絡みの事件を扱ったことがないので、相続制度については暗い。

「どちらへ寄付なさるんですか」

亜澄の問いに、一遥は厳しい顔つきで答えた。

「僕が理事のひとりとなっている《鎌倉芸術協会》という財団法人だ」

「そちらの財団は鎌倉美術館を運営している財団ですか？」

元哉も亜澄と同じ疑問を抱いていた。

「いや、まったく別の財団だ。だが、こちらに寄贈すれば、僕の絵はしかるべき美術館に分割して収蔵されることになるだろう。すべての絵は鎌倉美術館では抱えきれないからね。この手続きも今朝から酒巻がやってくれている。近日中に、無事にすむはずだ。いつ死んでもいいと思っていたが、この寄付手続きが終わるまでは死ねないな。まぁ、数日のことだ。僕には一年は猶予があるから問題はないよ。まったく貴遥が生きていれば、こんな心配は要らなかったのにな」

淋しそうに一遥は言った。

八〇歳になってこんな心配をしなければならない一遥は気の毒だ。

だが、持つ者の悩みに過ぎないと、市職員夫婦の息子に過ぎない元哉は思った。

ふと気づくと、亜澄が右の壁に飾られている極楽寺山門の油彩画をじっと見つめている。

「あの……つかぬ事を伺ってもよろしいでしょうか」

亜澄が背筋を伸ばしてあらたまった声で訊いた。

「なんだね？」

一遥はけげんな顔つきで訊いた。

「先生のそばに飾られている油彩画ですが、先生の作品ではありませんよね」

視線を一遥に戻して亜澄は訊いた。

「ああ、もちろんこれは僕の絵じゃない」

なんだそんなことかという顔で一遥は答えた。

「色合いもタッチもぜんぜん違いますものね」

納得したように亜澄はうなずいた。

「これはね、親友の湯《ゆ》原《はら》宗二《そうじ》郎《ろう》の油彩画だ。宗二郎は二八年前に自殺した。ヤツは死に臨んでこの絵を僕に形見として遺した。『極楽寺逍遙《ごくらくじしょうよう》』というタイトルなんだ」

一遥の声がサンルームに響いた。

「『極楽寺逍遙』ですか」

元哉と亜澄の声が重なって響いた。逍遙とは気ままにあちこちを歩き回ることを意味する。

一遥は深くうなずいた。

「宗二郎は芸大で僕の同期だった男でね。若い頃は彼の画才にずいぶん嫉妬した。宗二郎ははっきり言って天才だ。画壇に登場した彼の絵はたくさんの賞に輝き、多くの専門家に賞賛された。彼は天才洋画家の名をほしいままにした。湯原宗二郎は戦後の日本画壇を代表する絵描きだと思っている。学生時代に僕が感じていた嫉妬は間違っていなかった。僕の画才は宗二郎にはとうてい敵わなかった」

言葉を切った一遥は感慨にふけっているように見えた。

「だが、彼の絵はあまり売れなかった。どろどろとした情念をストレートにキャンバスに叩きつけるからだろう。この絵はかなり複雑だがね。本人は一〇〇号などという大型作品を描きたがったが、そんな絵を買う個人はまれだ。企業や銀行、ホテルが全幅に怨念が漂うような湯原作品を買うはずはない。だからバブル期を除いて宗二郎は貧乏をしていたことが多かった。作品の方向性を考え直せと評論家や画商にも言われていた。だが、彼は気難しく狷介《けんかい》な人間だった。自分の絵の軸は決まっていると、他人の意見に聞く耳を持たなかった。追い詰められた精神状態だったのだろう。五〇歳の夏に彼は自らの生命を絶った」

室内には庭の木々が風にそよぐ音が響いている。

「おかしなものさ。宗二郎に遠く及ばないと考えていた僕の絵のほうがずっと多くの人々の評価を得て売れ続けたんだからね。僕は別に売れたいとは考えていなかった。自分のこころに素直に画筆をとっていただけなんだ。そのうちに僕も賞を取れるようになった。いつの間にか画壇の中心近くにいて、文化功労者なんぞになった。長生きはするものだな」

一遥はどこか自嘲的に聞こえる声で笑った。

亜澄はなんと答えてよいのかわからないようだった。

「先生の絵が多くの人に愛されたという事実は大きいと思います」

元哉にはこんな月並みな言葉しか出てこなかった。

「ありがとう。ありがたいと思って生きているよ」

一遥はまじめな顔で答えた。

「親友でいらっしゃる湯原先生の作品だから、こうして身近に飾っていらっしゃるんですか」

亜澄は質問を再開した。

「もちろんそれもある。しかしね、実はこの絵は僕にとって特別なものなんだ」

嬉しそうに一遥は『極楽寺逍遙』に目をやった。

「特別な絵ですか……」

亜澄は首を傾げて一遥の言葉をなぞった。

「うん、この絵にはたとえようもない美女が描いてあるだろう」

目尻を下げて一遥は言った。

「はい、とてもきれいな人ですね」

亜澄は深くうなずいた。

極楽寺山門の前に立つ女性には元哉も惹きつけられた。

黒髪をアップにした白い細面で、すっきりとした目鼻立ちは妖精のようだ。

表情は静かだが、内に深い情念を持っているような、あるいは激しい感情を隠しているような不思議な顔つきだった。

華奢な肩や手指のやわらかな描き方からも繊細な女性美を感じさせる。

この女性が持つ魅力に一度気づくと忘れられなくなりそうだ。

とくに切ない思いを内包したような両の瞳に惹きつけられる。

ただ、この絵は全体に暗いトーンで、咲き乱れる紫陽花も華やかさよりも淋しさを感じさせる。

「その美女を僕と宗二郎は愛していたのさ」

一転して淋しそうに一遥は言った。

元哉と亜澄は顔を見合わせた。

「そうなんですか……」

亜澄は一遥の目を見て相づちを打った。

「だが、僕は彼女を得ることはできなかった。若尾茉莉子《わかおまりこ》はある事故で三〇年前に神さまのもとに召されてしまった」

ひどく淋しげな一遥の声だった。

「では、先生がこの絵をそばに飾っていらっしゃるのは……」

亜澄は語尾を鈍らせて問うた。

「あの世で会えるのを楽しみにしているんだ。それまでの間、毎日眺めたいと思ってな」

微笑みを浮かべて一遥は答えた。

「美しいお話ですね」

亜澄はうっとりとした声で言った。

「いや、きれいな話じゃない。この絵をそばに飾るようになったのは八年前に家内を亡くしてからだ。死んだばあさんが知ったら激怒するよ。家内をモデルにした絵は一枚もないからね」

一遥は首をすくめて言葉を継いだ。

「死にそうな老人の願いとしては笑止千万さ。だが、僕のこの絵に対する思い入れは強い。実はね、貴遥はこの絵をほしがっていたんだ。一年以上前から譲ってくれと何度も頼みに来た。鎌倉美術館に収蔵したいと言っていた。僕が生きているうちは手放したくないと断っていた。僕が死んでしまったら、当然ながら貴遥のものとなるのだがね」

「ご子息さまはこの『極楽寺逍遙』をどうしてほしがったのでしょうか」

亜澄の問いは元哉も訊きたかったことだった。

「最近の貴遥はね、湯原宗二郎の再評価に情熱を燃やしていたんだ。作品数も少なく、早く死んでしまったので、もはや宗二郎は忘れられかけている。だが、貴遥は宗二郎が戦後日本画壇を代表する絵描きだという考え方には賛同していた。宗二郎をもっと世に知らしめたいと言っておった。だが、もうすぐ僕は死ぬんだから、こころの恋人と引き離さないでくれ、死ぬまで待ってろって返事したよ。死んでからも息子や孫はともかく、他人の手には渡ってほしくないがね」

一遥はおもしろそうに笑った。

「この『極楽寺逍遙』はいくらくらいの金額で取引されるものなのでしょうか」

元哉は訊きたかったことを口にした。

「湯原作品はいまでも買い手が少ないからあまり高い値はつかない。これは二〇号だから、そうだな、三〇〇万円がいいところだろう。一般に画家や工芸家の作品は死後、どんどん値が下がる。宗二郎も死後二八年も経っているから、三〇〇万円でも厳しいかもしれんね。僕の絵だって、きっと来年あたりから値落ちするよ」

乾いた声で一遥は笑った。

三〇〇万円でも元哉たち庶民にとっては大変な金額だ。

「でも、死後評価が上がる画家もいるんですよね」

元哉は問いを重ねた。

「もちろんいる。さっき名前を出したポスト印象派の、ゴッホ、ゴーギャン、セザンヌだってそうだ。ほかにもいくらでもいる。アメデオ・モディリアーニ、アンリ・ルソーなどもそうだな。彼らは生前ほとんど評価がなかった画家たちだ。たとえば、ゴッホの絵はね、生前は数枚しか売れなかった」

「本当ですか！」

元哉は驚きの声を上げた。

バブルの頃の話だが、一九八七年にゴッホの『ひまわり』は当時の安田火災海上保険が、約五三億円で落札し、日本中で話題となったそうだ。たしか一枚の絵の取引としては最高額だった。

「だが、九〇パーセント以上の画家の作品は死後の価値は下がるんだ。死後に評価が上がる画家は一パーセントに過ぎないという説もある」

気難しげに一遥は答えた。

「では、貴遥さんは『極楽寺逍遙』の値が上がることを期待していたわけではないのですね」

元哉の問いに一遥は強くあごを引いた。

「もちろんだよ。貴遥はそんなにさもしい男ではないよ。『極楽寺逍遙』は、研究対象として考えていたんだ。だいたい、僕は絵画作品を投機や投資の対象としか考えない人間は大嫌いだ。その絵を愛するから購入するのでなくては不潔で不純だ。貴遥も同じ考えだった」

言葉に力を込めて一遥は答えた。

両の瞳には怒りの色が感じられた。

「それで先生はこの絵をどうなさるおつもりですか」

亜澄がゆっくりと訊いた。

「この部屋と一緒に遥人に相続させるよ。『極楽寺逍遙』には僕個人の思い入れがあるだけだからね。僕自身の作品と同列に扱わなくてもいいし、鎌倉芸術協会も引き取りたがらないかもしれない。湯原宗二郎はすでに過去の人間だからね。美術書や画集のなかにしか存在しない『高名な画家』なんだよ」

低い声で一遥は言った。

もう質問することは残っていないように元哉は感じた。

目顔で亜澄に訊くとちいさくうなずいた。

「鰐淵先生、ご体調の芳しくないところに伺って申し訳ございませんでした」

亜澄は深々と頭を下げた。

「いや今日は調子がいいし、君たちと話せて楽しかったよ。僕は小笠原くんの目を描いてみたいが、どうやら残された時間では足りなそうだ。そのことが残念だ」

冗談でもなさそうに一遥は答えた。

「お言葉、とても嬉しいです。またお話を伺いに参るかもしれません」

亜澄は満面の笑みで答えた。

また調子に乗るだろう。元哉はうんざりした。

元哉と亜澄は立ち上がった。

「いつでも連絡してくれてかまわない。調子が悪ければ断らせてもらうので気にせずに電話しなさい」

やわらかい声で一遥は言った。

「ありがとうございます。お身体を大切になさってください」

「大変勉強になりました。どうぞお大事に」

亜澄と元哉はそろって深々と礼をした。

階段を下りて家事使用人の女性にあいさつして、ふたりは鰐淵邸を出た。

「ねぇ、画伯はどうして病気のことや相続の話をあんなに詳しく話したと思う？」

亜澄が訊いてきた。

「たしかに俺たちは初対面なのにな」

元哉も不思議に思っていた。

「あたしがかわいいからに決まってんじゃん」

背を反らして亜澄は鼻をうごめかした。

「あのなぁ」

元哉はげんなりした。

「だって、あたしの目がきれいだから描きたいとまで、画伯はおっしゃっていたんだよ」

亜澄はご機嫌な声を出した。

「きれいって言ってたかぁ」

まぁ、褒めていたことは事実だ。

「おそらくね、あたしたちが警察官だからだよ」

まじめな顔に変わって亜澄は言った。

「どういうことだ？」

「相続に関する方針は弁護士の酒巻さんが進めているよね。だけど、自作品の鎌倉芸術協会への寄付は終わっていない。もしいま画伯が急死したら、相続問題は揉めるかもしれない」

亜澄は目を光らせた。

「遥人が画伯の遺志に反対するってことか」

元哉から大きな声が出た。

「そう。たとえば、画伯の絵を寄付された鎌倉芸術協会に対して民事訴訟を提起するとかさ。理屈は立つよ。死を間近にした画伯の贈与意思には瑕疵があるとか主張できるもん。そのときにあたしたちの録った音声データは最高の証拠能力を持つじゃない」

「たしかにそうだ。本人の言葉でその意思が正確に記録されてるんだもんなぁ。裁判所は事実そのものと解釈するな」

「もし記録が破棄されていたとしても、たとえば訴訟となったら、酒巻弁護士はあたしたちを証人尋問するでしょ。警察官の証言。しかも利害関係がないんだから、証拠能力は最高だよ」

その意味での元哉たちの信用性は最高レベルだろう。

「あのじいさん、磊落《らいらく》なところもあるけど、けっこう深謀遠慮の人だな」

元哉はうなり声を上げた。

「じいさんなんて言わないの。文化功労者の大画伯だよ」

亜澄は口を尖らせた。

「たしかに大物だよな。湯原宗二郎に嫉妬していた。自分はあんな天才じゃないなんて、なかなか言えないよな。たしかな自信があるからこそ出てくる言葉だな。俺も真似してみようかな」

「真似ってなによ？」

「いや『小笠原巡査部長は天才です。僕はあの人の観察力、分析力、推理力に嫉妬していました』とかさ」

「やっとわかったじゃん」

亜澄は奇妙な声で笑った。

「本気にするか？　ふつう」

元哉はあきれかえった。

「へへへ。だけど、相続人としての遥人さんの複雑な立場はわかったね」

「それでも一億円の邸宅と家財に五〇〇〇万の現金だろ。満足しないほうがどうかしてるよな」

元哉が警察勤めを生涯しても得られないほどの財産だ。

「まぁ、あたしたちみたいな庶民とは、しょせん金銭感覚が違うんだよ」

亜澄はまじめな顔で言った。

「そうだな。Ｇクラスを買おうなんて夢のなかでも思いつかないもんな」

元哉は鼻から息を吐いた。

「さて、貧乏人としてはどこでご飯食べますか」

「どこか安くて美味い店を教えてくれよ」

「了解、思いついた店がある。午後イチは鎌倉美術館でいいね？」

元気よく亜澄は答えた。

「アポとらなくていいかな」

「うーん、貴遥さんといちばん親しかった人から話を聞きたいよね」

「個人的に親しくなくてもかまわないよ。立場的に近い人か直属の上司とか」

「そうだ、学芸員の人がほかにもいるかもしれないね」

亜澄はさっとスマホを取り出してタップした。

「わたくし鎌倉署刑事課の小笠原と申しますが……」

電話を切った亜澄は片目をつぶってニカッと笑った。

「ＯＫ！　日野真矢《ひのまや》さんって、貴遥さんの部下だった学芸員さんが応対してくれるって」

「じゃあ、まずは駅に戻ろう」

ふたりは月影ヶ谷の坂道を下り始めた。

第二章　天才が遺した絵

1

極楽寺駅から隣の長谷駅まで江ノ電に乗って、そこから県道三二号を大仏や藤沢方向に三〇〇メートルほど歩いたところにある《五彩楼》という中華料理店に亜澄は元哉を連れて行った。

気がつくと斜め向かいに日本そば屋があるが、元哉は日本そばでは物足りなかった。

椅子に座ると、窓の外には県道三二号を行き交う観光客の姿が見える。

亜澄によると、《五彩楼》は五〇年以上前からこの場所で続いている店だそうだ。

酢豚や鶏肉のカシューナッツ炒めなどの定食もあるが、ラーメンや餃子なども置いてあるカジュアルな店だった。

ふたりともA定食という肉うま煮と酢豚にライスとスープがセットで一二〇〇円というメニューを頼んだ。

長谷観音至近という観光地ど真ん中なのに手頃な料金が嬉しい。

鎌倉には美味しい店は多いが、観光客料金というのか割高な飲食店が多い。この値段なら平塚並みだ。

おかずは両方ともなかなかの味で、とくに酢豚は豚肉が思いのほかやわらかかった。

元哉としては大満足だった。鎌倉での外食は亜澄にまかせておけば間違いはない。

「鎌倉でもこんな手頃な店があるんだな。まるっきり平塚価格だな」

食後のお茶を飲みながら元哉は言った。

「そう、探せばいくつもあるよ。鎌倉だって、すべての店が観光客向けってわけじゃないからね。平塚みたいにあちこちに安い店はないけどね」

ちょっと得意げに亜澄は胸を張った。

「鎌倉と平塚はあまりに街の雰囲気が違うからなぁ。金持ち揃いの文化都市と庶民の街を比べるのもなぁ」

冗談半分に元哉は嘆き口調で言った。

「地元っ子が言うのもなんだけど、平塚は物騒な街だからね……あたしたちが子どもの頃にさ、七夕期間中に発砲事件があったよね」

眉をひそめて亜澄は言った。

「あったあった。高校生んときだったっけな。七月五日の日曜日の明け方だよ」

元哉も七夕の事件を思い出した。

七月七日前後に駅前商店街を中心に開催される「湘南ひらつか七夕まつり」は宮城県仙台市の「仙台七夕まつり」や、愛知県安城市の「安城七夕まつり」と並んで日本三大七夕祭りとして全国的にも有名である。

現在はスターモール商店街と呼ばれる平塚駅北口前の銀座通り商店街の《吉川紙店》は元哉の祖父母が営んでいた文具店だし、《かつらや》という呉服屋は亜澄の父が経営している。

二人にとって平塚の七夕はいちばん身近なイベントだった。

「紅谷町《べにやちょう》にあった組事務所でさ、暴力団同士の抗争で組員が殺されたんだよね」

亜澄は眉をひそめた。

「ハヤカワ靴屋のあったあたりだろう。駅前商店街も朝から大騒ぎだったもんな」

「そうそう、警察車両が列をなして停まってたの覚えてる。でも、あのあたりだけ規制線テープ張って、日曜日の七夕はふつうに開催されたよね」

「そういや、そうだった」

亜澄の言う通りだった。平塚市民は七夕を簡単にはあきらめない。

「あたしが学生だった八年くらい前の七夕じゃヤンキーのケンカ騒ぎがあったよね」

ちょっとおもしろそうに亜澄は言った。

「覚えてるよ。二〇一四年七月四日の夜だろ。平塚駅周辺のあちこちでケンカや乱闘騒ぎが発生して平塚署から五〇人くらいが出動したんだったよな。まぁ、ろくな街じゃないな。平塚署には異動したくないよ」

平塚署はどの課でも大変だろうとは思う。

「あたしも鎌倉署から動きたくない。でも、やっぱり平塚は好きだよ。なんて言うのかな、気取りがなくてさ。市民が明るくて気さくだよね」

亜澄は明るい声で言った。

「俺も嫌いなはずがないさ」

元哉はなんの気なく答えた。

言葉では表現しにくいが、元哉の平塚への愛着は強い。

どこか鎌倉という街に染みついたような歴史の重みや、居住する人々の文化的な香りに苦しさを感じることがある。

亜澄の言うような平塚市民のカラーが、元哉に安らかさを与えるのかもしれない。

食事を終えた元哉たちは、道路を渡って日本そば屋の角から始まる細道に入っていった。

反対側の駐車場の角には《鎌倉美術館》に矢印のついた看板も立っていた。

ここも谷戸のような地形だ。両側には比較的新しく小ぎれいな家が並んでいる。

こぢんまりとはしているが、瀟洒《しょうしゃ》できれいな《鎌倉能舞台》を過ぎて数十メートル進んだ谷の開けたところに《鎌倉美術館》はあった。まわりには十数軒の住宅が建てられている。

RC構造の二階建ての小規模の美術館だ。白い外壁はまだ新しく清涼感がある。

一階は全面的にグラスエリアとなっていてコンクリートの白い壁にライトグレーのカーペットの内装が見えている。二階は銀色のステンレス枠で飾られた窓が等間隔に並んでいる。

三段のステップとなっているアプローチを上った右手に回転ドアの入口があった。

内部に入るとすぐ奥に白い樹脂製天板の料金カウンターが左右に延びている。

白いブラウスに黒いカーディガン姿の若い女性がカウンターに座っていた。

ボブヘアのなかなかかわいい女の子だ。

「すみません、鎌倉署の者です。学芸員の日野さんにお目に掛かるお約束をしています」

亜澄は警察手帳を提示しながら来意を告げた。

「ご苦労さまです……警察の方がお見えです」

女性はカウンター上の電話を取るとどこかに内線を掛けた。

「すぐに参ります。あちらのソファでお待ちください」

ロビーの窓側にはシルバーグレーの布ソファが三セット置かれていた。

元哉たちは入口からいちばん遠いソファに腰を下ろした。

ソファは地味なソリッドカラーだが、ファブリックはなかなか上質で肌触りがよく、クッションも適度に利いていた。

五分ほど待つと、カウンターの後ろのドアが開いて、同じカーディガン姿の三〇代なかばくらいの女性が現れ、ゆっくりとした歩みで近づいてきた。

「お待たせしました。学芸員の日野です」

にこやかに日野真矢は名乗った。

元哉たちが立ち上がろうとすると、掌をやわらかく振って制した。

真矢は元哉たちの正面に座った。

元哉たちはそれぞれ名乗った。

あらためて元哉は真矢の顔を見た。

遠目で見たときより少し歳上だろうか。

鼻筋は通っていてきりっとした顔立ちは悪くない。

だが、化粧は薄くあまり華やかさを感じさせない女性だ。

黒い髪をひっつめて黒いセル縁のメガネを掛けているせいで、余計にまじめで地味な印象を受けるのかもしれない。

左胸に「学芸員　日野真矢　Maya Hino」という白い樹脂製の名札をつけている。

「あの……鰐淵主任の事件のことでお出でですよね」

真矢は硬い声で訊いた。

「はい、わたしたちは鰐淵貴遥さんの事件の捜査で参りました。大変なことでしたね」

亜澄はいたわるような声で言った。

「頼っていた鰐淵主任がとつぜん亡くなられて、柱を失ったような気持ちです。これからどうやって仕事をしていっていいのかとまどっています」

暗い顔で真矢は言った。

「鰐淵さんはよい先輩だったのですね」

亜澄の言葉に真矢は深くうなずいた。

「わたしは学芸員資格を取ったのが三〇歳過ぎてからで、まだまだ初心者なのです。また、ここに勤め始めたのも三年前のことなので、仕事のやり方をはじめ、なにもかも鰐淵主任に教えて頂いておりました。途方に暮れているというのが正直な気持ちです」

真矢の目は少し潤んでいる。

この女性もまた貴遥の死を悲しんでいる。

「お話を録音させて頂いてもよろしいでしょうか」

丁重な調子で亜澄は頼んだ。

「もちろんですよ。どうぞご遠慮なく」

やわらかい顔で真矢は許可した。

亜澄はＩＣレコーダーのスイッチを入れた。

「鰐淵さんはこちらではどのようなお仕事をなさっていたのですか」

落ち着いた声で亜澄は質問を続けた。

「学芸員としての仕事はすべてやっていらっしゃいました。美術品……うちではほとんどが絵画で七割近くが西洋画、残り三割が日本画です。それらの作品の買い付け、展示、管理についての指示、作品にまつわる資料の収集とデータベース化、展示する解説の記述、企画展の計画立案、年に三回の企画展ではほかの美術館や所有者から作品を借り上げますので、その手配一切、要するに作品に関するありとあらゆることです。わたしは鰐淵主任の指示でそうした仕事をサポートする役割でした」

亜澄は身を乗り出すようにして聞いた。

なるほど、ちょっと聞いただけでもかなり忙しそうだし、専門的知識がなければ手もつけられないような仕事ばかりだ。

「買い付けでは大きなお金が動きますよね」

金銭トラブルの可能性を考えての亜澄の質問だろう。

「うちにはお金がありませんので、ここ一年ほどは一点の作品も購入していません。この先も購入の予定はないです……」

言葉を途切れさせてから、思い出したように真矢は言った。

「あ、待ってください。鰐淵主任のお父さま、文化功労者の鰐淵一遥先生が所有されている湯原宗二郎の『極楽寺逍遙』という二〇号の油彩画は購入する計画がありました」

「わたしたち、午前中に一遥画伯のお宅にお邪魔して『極楽寺逍遙』を見せていただきました。とても素晴らしい作品ですね」

口もとに笑みを浮かべて亜澄は言った。

「うらやましい。わたしは実物を見ていないんです。でも、一遥先生が自分が死ぬまでは手放さないとおっしゃっているとかで……鰐淵主任は自分のものになったら当美術館に寄贈すると言っていました。購入ではないですね」

「一遥画伯からそのお話は伺いました。すると、作品購入についてのトラブルも考えられないのですね」

畳みかけるように亜澄は訊いた。

「ええ、考えられません。うちはもともと日下部《くさかべ》直文《なおふみ》氏という絵画蒐集家の個人コレクションをもとに起ち上げられた財団法人です。美術館の建物も日下部氏が出資して建てられたものです。収蔵作品を大きく拡大する計画は持っておりません」

はっきりとした発声で真矢は答えた。

「なるほど……ちなみにこちらの美術館はいつ頃からやっていらっしゃるんですか」

「日下部氏の別荘を転用して一九八六年に開館致しました。いまの建物は二〇一三年に建て替えられたものです。日下部氏は二〇一五年、つまり七年前に九二歳で亡くなりました。館長は日下部氏の甥に当たります」

「鰐淵さんは開館以来、こちらにお勤めだったわけではないということですね」

いまの話だと開館当時、貴遥はまだ一六歳という年齢になる。

「もちろんです。日下部氏の死後、当時の学芸員が辞めて一年近く学芸員不在の時期がございました。困り果てていたのですが、二〇一六年の四月からこちらにお勤めになりました。それまでは、その年の三月に閉館になった神奈川県立近代美術館で学芸員をなさっていたのです。一流の美術館で経験を積まれていますから、当館としては大歓迎でお迎えしたという話です」

「ああ、鶴岡《つるがおか》八幡宮の隣にあった大きな美術館ですね」

その美術館の存在は元哉も知っている。

高校のときに美術の夏季特別授業で八幡宮の横にある美術館で開かれていた展覧会を

見学に行った覚えがあった。いまとなってはどんな作品が展示してあったのかもあいまいな記憶となってはいるが。

「はい、現在は葉山館と鎌倉別館で運営していますが、本館があった頃の勢いはありませんね。わたしも横浜市栄区の出身ですが、学生時代にはマルク・シャガール、パウル・クレー、オディロン・ルドン、岸田劉生、高橋由一、松本竣介といった偉大な画家の作品を鑑賞して参りました」

　ちょっと淋しそうに真矢は言った。

「申し訳ありませんが、不快に思われるお尋ねをさせてください」

　亜澄はゆっくりとした口調で質問に入った。

「はぁ、どんなことでしょうか？」

　真矢は首を傾げた。

「鰐淵さんと対立していた、あるいは憎んだり恨んだりしていた人に心当たりはありませんか」

　やわらかい口調で亜澄は訊いた。

「そんな人間はいるはずないです」

　嚙みつきそうな勢いで真矢は答えた。

　自分の激しい口調を恥じたのか、すぐに真矢はうつむいた。

「念のためのお尋ねです。鰐淵さんは、まじめで他人には親切な方だと伺っています」

　亜澄は一遥画伯から聞いたことをそのまま伝えた。

「その方のご意見は正しいと思います。ここの職員の誰からも鰐淵主任は慕われていました。ここでは学芸員は鰐淵主任とわたしだけですが、館長にも総務・経理担当者にも、営業担当者にも、ほかのスタッフにも愛され、敬意を持たれていました。また、ここでは美術商ともつきあいがありますが、その人たちからも敬愛されていたはずです。誰かと対立していたなどという話は聞いたことがありません」

　きっぱりと真矢は言い切った。

「重ねてのお尋ねになるかもしれませんが、日野さんから見て、鰐淵さんはひと言で言うとどんな人物でしたか」

　亜澄は真矢の目を見つめて尋ねた。

「とにかく温厚な方でした。わたしは鰐淵主任が声を荒らげているところを一度も見たことはないです。ほかのスタッフも同じだと思います。まわりの人間にはやさしく親切で思いやりのある方でした。誰かが風邪を引いたりすると、自分の家族のことのように心配していました。たとえば、スタッフのひとりが趣味のテニスで親指を骨折したときも、長谷観音のバス停まで四〇〇メートルほどの間を荷物を持って毎日送っていったようなこともありました」

元哉にはいささか過剰な親切であるような気もした。

「人との対立を好まず、誰にでも親切というお人柄と考えてよいのですね」

一遥が言っていた内容を亜澄は繰り返した。

「その通りです……ただ、こと美術となると、まっしぐらと言うか、周りが見えなくなるようなところもありました。絵画を語るときは真剣そのもので、いつも気迫がこもっていて怖いくらいでした。とにかくまじめすぎる方だったんです」

真矢の声は震えた。

一遥画伯も美術論をふっかけてくるので、あまり会わなかったと言っていた。

「不愉快な質問を繰り返しますが、鰐淵さんを恨んだり憎んだりしていたような人間に心当たりはないのですね」

亜澄は真矢の顔を覗き込むようにして尋ねた。

「わたしには想像もできません」

かなり強い口調で真矢は言った。

「鰐淵さんと交際している女性はいませんでしたか」

亜澄はゆったりとした声で質問を変えた。

「さぁ、わたしは聞いたことがないですね」

真矢は目を瞬いた。

「ずいぶん前に奥様と離婚されて独身なわけですし、五二歳というお歳からも恋人がいてもおかしくはないですよね」

亜澄は真矢の目を見て訊いた。

「女性に対して積極的な態度を見せる人ではありませんでしたね。男性でも女性でも同じように扱うというのか……うちには二〇代の女性スタッフも数人いますが、男性スタッフと変わらない態度で接していました」

受付の女性をすぐにかわいいとか考えてしまう元哉とは、貴遥は別種の人間のようだ。

本人も言っていたが、息子の遥人とは正反対の性格だ。

ひと言で言うと堅物だったのだ。

「では、女性関係のトラブルなども考えられませんか」

亜澄の問いに真矢ははっきりと首を横に振った。

「ないと思います。万が一そういうことがあったとしても職場ではつゆほども見せない方だったと思います」

平らかな声で真矢は答えた。

「話は変わりますが、鰐淵さんは『極楽寺逍遙』を一遥画伯に譲ってほしいと頼んでいたそうですね」

亜澄は質問を『極楽寺逍遙』に持っていった。

「はい、その通りです」

「鰐淵さんはどうしてあの絵にこだわっていたのでしょうか」

真矢は一瞬沈黙した。

「これは一遥先生には黙っていていただきたいんですが……」

不安そうに真矢は言葉を途切れさせた。

「お約束します。刑事は口が堅いんです」

亜澄はにこやかに請け合った。

「鰐淵主任は『極楽寺逍遙』を本格的に調査したいと言っていました」

声を潜めるようにして真矢は言った。

「どうしてですか？」

亜澄はまたも身を乗り出した。

「あの絵の筆致がほかの湯原作品とは大きく異なるというのです。そこで専門機関に依頼して、蛍光X線調査や赤外線写真調査などの非侵襲式ツールによる解析をしたいとおっしゃっていたのです。採取できたデータを分析することで、晩年の湯原宗二郎の技法についての新しい研究ができることを期待していたのです。調査費用は当館が支出する予定でした。ですが、鰐淵主任は現在の所有者である一遥先生にはなにもお話ししていなかったのです。一遥先生が亡くなって、あの絵がご自分のものになってから、進めようと考えていらしたんです。ですからどうかこの件はここだけのお話にしてください」

真剣な表情で真矢は手を合わせた。

「ご心配なく。こちらの美術館では鰐淵さんの調査には賛成だったのですね」

亜澄はしっかりとうなずいて問いを続けた。

「館長も大乗り気でしたし、財団の理事会も賛成していました。新しい発見があって世間に発表すれば、鰐淵主任は研究者として評価され、当館の注目度も上がるはずでした」

「鰐淵さんは野心をお持ちだったのですか」

なにげない風に亜澄は訊いたが、真矢は眉を吊り上げた。

「いいえ、鰐淵主任にとっては、ご自分が研究者として評価されることにも、当館が注目されることにも関心はありませんでした。『極楽寺逍遙』を調査したいと考えていたのは、純粋に学術的興味からです。そもそも湯原宗二郎という画家は若くしてサロン・ドートンヌ、二科展、白日会展などの大きな展覧会でいくつもの賞を取り名声を博しました。しかしながらその狷介な性格で周囲の人々とは交流せず、プライベートについてもわかっていないことが多いのです。娘さんはいますが、まだ小さい頃に宗二郎を亡くしているので、彼についてはぼんやりとしか覚えていないそうです」

湯原宗二郎は神秘に包まれた天才画家というわけなのだろう。

「お嬢さんがいらしたのですか」

亜澄の問いに、真矢はしっかりとあごを引いた。

「ええ、湯原宗二郎は結婚していましたから……。奥さまは宗二郎については世間に対してなにも発表していません。圭子さんという一人娘がいらっしゃいます。美術評論家として活躍中の方で、市内にお住まいです。鰐淵主任は圭子さんにも解析調査をする許可を得ていました。あの絵は湯原宗二郎から一遥先生に贈られたものなので、もちろん圭子さんにはなんの権利もありません。ですが、鰐淵主任は几帳面でしたから、ご遺族の了解は必要だと考えたようです」

考え深げに真矢は言った。

「一遥画伯も大切な作品と考えていらっしゃいますね。自分が死ぬまではそばに置いておきたい、死んだあとも貴遥さんや孫の遥人さんに所有していてほしいとおっしゃっていました。他人の手には渡ってほしくないともおっしゃっていました」

亜澄は一遥から聞いた話を口にした。

「わたしも鰐淵主任からその話は伺いました。一遥先生は湯原宗二郎と親友だったそうですね。さらにモデルの女性にも思い入れをお持ちとか」

あいまいな表情で真矢は答えた。

「こころの恋人とまでおっしゃっていました。また、湯原宗二郎もその女性を愛していたと聞いています」

「まぁ、そうなんですか！」

真矢は口もとに掌をあてて驚いた。

「そのあたりの事情がわかれば、プライベートが知られていない湯原宗二郎の生涯を明かすうえでは大きな材料となるはずです。ただ、もう事情を知っている方は一遥先生おひとりとなってしまっているかもしれませんね」

難しい顔で真矢は答えた。

「いずれにしても、鰐淵さんが亡くなったことで、あの絵は将来的に遥人さんの所有物となるわけですね。こちらの美術館では遥人さんから買い上げるようなことは検討なさっていますか」

亜澄はじっと真矢の目を覗き込んだ。

「なにせ、主任が亡くなったばかりですので、いまはそこまでは考えられないという状態です」

平らかに真矢は答えた。

「まぁ、急ぐ話ではないかもしれませんね」

なんの気なく亜澄は言った。

「ですが、あの絵を執拗に買い取りたいと言っている人間もいるのです」

真矢の顔はちょっと険しくなった。

「いったい誰なんですか」

驚きの声で亜澄は訊いた。

「野中兼司《のなかけんじ》さんという美術商です。市内大町に《秀美堂《しゅうびどう》》という店舗を持っています。直接の取引はありませんが、当館ともおつきあいのある方です」

「野中さんという美術商の方は、なぜ『極楽寺逍遙』を買い取りたいと考えているのでしょうか」

「さぁ……鰐淵主任は野中さんを好いていませんでした。また、あの絵の買い取り話については最初から相手にしていませんでした。なにかの雑談のときに、わたしは『極楽寺逍遙』の話を野中さんにしました。それがきっかけかもしれませんが、野中さんがなぜあの絵にこだわっていたのかはわたしにはわかりません」

真矢は首を傾げた。

湯原宗二郎は過去の画家だと言っていたが、経済的価値が大きいのだろうか。

「あの……これは形式的なお伺いなんですが、事件当日一一月二九日の午後四時半から六時半頃はどちらにいらっしゃいましたか」

亜澄は唐突にアリバイについて尋ねた。

「え……わたしも容疑者なんですか」

大きく目を見開いて真矢は訊いた。

「いえ、お話を伺った方全員に伺っています」

さらりと亜澄は答えた。

「わたしは定刻の四時半ちょっと過ぎに退館して、長谷観音の停留所からバスに乗りました。鎌倉駅に出て、JRを使って本郷台の自宅に戻りました。いつもの退勤と同じです。駅前で買い物をしていたので家に着いたのは六時頃ですね。独り暮らしなので証人はいません」

きまじめな感じで真矢は答えた。

「ほかの方も四時半の定刻頃に退勤なさっているのですか」

亜澄はうなずいて問いを進めた。

「そうですね、企画展前などは別として、ふだんは残業はほとんどありません。みんな四時半から一五分くらいの間に退館していると思います。四時半から五時くらいの間にアリバイのある人はいないんじゃないんでしょうか」

真矢はちいさく笑った。

美術館から現場は一キロに満たない距離だ。あの山道を考えても一五分もあれば到着する。この美術館の人間には誰にもアリバイがないと考えたほうがよさそうだ。

「失礼なことを伺いました」

亜澄は頭を下げた。

「いえ、お仕事ですものね」

真矢は気にしているようすはなかった。

いずれにしても真矢から聞けることはこのくらいだろう。

同じように考えたらしく、亜澄は目顔で聞き込み終了のサインを送ってきた。

元哉はあごを引いた。

亜澄はさっと立ち上がったので、元哉もこれに続いた。

「いろいろとありがとうございました」

亜澄はきちんと礼を言った。

かたわらで元哉は頭を下げた。

真矢は美術館の出口まで見送ってくれた。

2

「まじめを絵に描いたような女性だったな」

表の細道を県道三二号に向かって歩きながら、元哉は言った。

「そうだね、貴遥さんもあんな感じでまじめな人だったのかもしれないね」

亜澄は元哉の考えていたのと同じことを口にした。

「美術館の学芸員のことはよく知らなかったけど、美術ってもんをすごく愛していて、まじめな人が多いんだろうな。すごくめんどくさそうな仕事だと思った」

「キミには無理だろうね」

またまた上から目線が始まった。

「小笠原にだってできない仕事だろ？」

「まぁそうだけどね。毎日部屋のなかにこもりっきりの仕事はやりたくないよ。外へ出ないと息が詰まる」

顔をしかめて亜澄は言った。

「それなら余計なこと言うなよ」

元哉はふんと鼻で笑った。

「あたしさぁ、今回の事件にはなんらかのかたちで『極楽寺逍遙』が関わっていると思うんだよね」

亜澄は急にまじめな顔になって立ち止まった。

「根拠はないよな」

元哉は亜澄を試すつもりで訊いた。

「そう、たしかに根拠はない。だけどね、貴遥さんが最後までこだわっていた絵でしょ。

一遥画伯も日野真矢さんも『極楽寺逍遙』について触れていた。本人は触れなかったけど、代襲相続の関係で遥人さんも絡んでくるわけじゃない。今日会った人のなかであの絵に無関係で関心のない人ってひとりもいないんだよ」

亜澄は考え深げに言った。たしかに貴遥の周囲に『極楽寺逍遙』が見え隠れする。

「俺もそのことには気づいてた……となると次の行き先は」

「大町だね！」

亜澄は素早くスマホを取り出してタップした。

「《秀美堂》は鎌倉駅から六〇〇メートルちょっとの場所にある。下馬四ツ角からすぐじゃん。水曜休みで、営業時間は六時まで。とりあえずGOだよ」

弾んだ声で亜澄は言った。

「もし、野中って美術商が留守だったらどうする？」

「残念ながら、《秀美堂》から鎌倉署は五〇〇メートルなんだなぁ」

ふざけて亜澄は眉間に深くしわを刻んだ。

「そんときは、いったん捜査本部に戻るか……」

あまり気は進まないが、その手もある。

「二階堂管理官にいままでの成果を報告してもいいか」

「とにかく大町に行ってみよう」

ふたりはバス停に向かって歩き始めた。

長谷観音の停留所からバスに乗って下馬四ツ角で下りた。

逗子へ向かう県道三一一号、通称大町大路の踏切で横須賀線を越えると、商店や飲食店が民家の間にポツポツと建っている。

すぐに道路の右手に二階建ての木造家屋が現れた。五、六十年は経過している建物はむかしながらの商店といった雰囲気で、木枠のガラスの引き戸が並んでいる。

銀色の瓦を載せた切妻屋根の庇のところに白地に黒い隷書で「美術　秀美堂」と記された大きな看板が目立っていた。

ガラスの引き戸の前に立つと、店内が覗けた。

この店舗では陶芸品や軸物を中心に取り扱っているらしく、洋画の額は見あたらなかった。

少なくとも画廊という雰囲気ではなく、骨董品屋と呼ぶのがふさわしい。

店の右側奥に茶色い革張りのソファセットが置いてあって、そこが商談スペースらしい。

人影が見あたらないので、亜澄は引き戸をガラッと開けた。

「すみませーん」

二度ほど呼ぶと、店の奥から薄緑色の白いシャツの上にグレーのカーディガンを羽織り黒いウールパンツを穿いた男が姿を現した。

横分けにした長めの白髪と飴色のセル縁メガネが特徴的な七〇代と思しき老人だった。

「はい、いらっしゃいまし。どんなものをお探しですか」

老人は目をしょぼしょぼさせて元哉たちを交互に見た。

「お客じゃないんです。ご主人の野中兼司さんですね」

亜澄は明るい声で訊いた。

「はい、そうですが……どんなご用で？」

うさんくさげな顔で野中は訊いた。

「鎌倉署の小笠原と申します」

亜澄が警察手帳を提示すると、野中は大きく身を引いた。

「え……」

野中の目が大きく見開かれた。

元哉は名乗りそびれた。

「ちょっとお話を聞きたいんですが」

亜澄はやわらかい声を出した。

「うちの商売でなにか……うろんな商品はいっさい扱っておりませんよ」

野中は口を尖らせた。

古物商の監督官庁は都道府県公安委員会である。実際には各所轄が取り扱うことになる。

代表者や管理者の交代・住所変更等があった場合にはいちいち所轄に届け出を出すことになっている。また、古物商には扱った商品が盗品等の不正品の疑いがあれば警察に申告する義務がある。

ただし、担当は本部では生活安全部生活安全総務課、所轄でも生活安全課である。

「いや、わたしは生活安全課じゃないんです。刑事課の者です」

言い訳するように亜澄は言った。

「刑事課？　盗犯係の刑事さんですか」

野中は不安げに訊いた。

刑事課がやってくる場合は盗犯係が中心だろう。

「いえ、強行犯係です。こちらは本部捜査一課の……」

亜澄は掌で元哉を指した。

「吉川です」

元哉も手帳を提示して名乗った。

「強行犯……いったいどんなご用でお見えですか」

不審そのものの顔で野中は訊いた。

「わたしたちは鎌倉美術館学芸員、鰐淵貴遥さんの事件を捜査しております」

亜澄は笑みを浮かべて言った。

「ああ、鰐淵先生の」

ホッとしたように野中はうなずいて言葉を継いだ。

「まぁ、そこにお座りください」

野中がソファを指し示したので、元哉たちは並んで座った。

いったん奥へ消えた野中はすぐに茶碗を載せた鎌倉彫の盆を捧げ持って戻ってきた。

萩焼かなにかの白っぽい由緒ありげな茶碗がテーブルに三つ並べられた。

緑色の茶がよく映える茶器だと元哉は感心した。

「それで、わたしになにをお尋ねですか。わたしと鰐淵先生はそれほど親しかったわけではありませんが」

正面に座った野中は首を傾げながら訊いた。

「いま、わたしたちが調べているのは、湯原宗二郎作の『極楽寺逍遙』という油彩画についてなのです」

亜澄はゆっくりと答えた。

「ほう、あの絵がなにか？」

油断のない目つきで野中は亜澄の顔を見た。

「犯人はあの絵に関心を持っている人物のなかにいると考えています」

堂々たる態度で亜澄は言った。

元哉の額に汗が滲んだ。そんな根拠はどこにもない。

関係者に対して、亜澄はいつも大胆な方法で質問をする。

聴取につきあっている元哉としては、いたたまれない思いをすることも多い。

が、ここでそんなことを口にできるはずもなかった。

「どうしてそんなことを考えるのですか」

眉間にしわを寄せて野中は訊いた。

当然の疑問だろう。

元哉は自分の貧乏揺すりを押さえつけた。

「いまの段階では申しあげられません」

厳しい顔つきを作って亜澄は答えた。

「そうですか……」

野中は不信感を表情にあらわしている。

「野中さんはあの絵を買い取ることにご執心だったと伺っていますが、どうしてそこまで『極楽寺逍遙』にこだわるのでしょうか」

単刀直入に亜澄は訊いた。

「失礼ですが、愚問だと思います」

　唇を歪めて野中は笑った。

「なぜ愚問なんですか」

　亜澄は尖った声で訊いた。

「画商が、ある絵をほしがる理由はひとつだけしかないですよ。その絵を扱えば利益が出るからです」

　涼しい顔で野中は答えた。

「ですが、『湯原作品はいまでも買い手が少ないからあまり高い値はつかない……三〇〇万円がいいところだろう』というお話を聞いています」

　たしかに一遥はそう言っていた。

「三〇〇万ね、それは誰がつけた値段ですか」

　小馬鹿にしたように野中は訊いた。

「鰐淵一遥画伯です」

「なるほど画家は値付けに関しては専門外ですからね」

　野中はゆるゆると息を吐いた。

「じゃあ三〇〇万っていうのは間違いですか」

　亜澄の問いに野中は微妙な顔を見せた。

「いままではたしかに正しい値付けだったかもしれません」

「いまは違うんですか」

亜澄は突っかかるように訊いた。

「一遥画伯は、フランスでのひそかなブームをご存じないのです。二ヶ月ほど前でしょうか、フランスの高名な美術評論家セバスチャン・ジャルベール氏がある美術雑誌に湯原作品を絶賛する記事を書きました。ジャルベール氏はマルセイユの高級ホテルに飾られている『古都驟雨《しゅうう》』という京都の田園風景を背景にして大原女《おはらめ》を描いた一〇〇号の湯原作品を取り上げたのです。所有者の許可を得てカメラマンが撮影したカラー写真入りの記事です。この絵についてジャルベール氏は『ジャン＝ピエール・カシニョールの東洋的進化を確信する』とまで言っています。大原女を描いたと言っても、京都国立近代美術館に収蔵されている土田麦僊《つちだばくせん》の『大原女』のようなあっさりした背景ではありません。湯原宗二郎は女性を描く才は最高でしたが、同時に風景描写が生み出す世界観が素晴らしいのです。ジャルベール氏はその点も絶賛しました」

たしかに『極楽寺逍遙』の風景もこころを打つものだった。

野中は茶碗をとってひと口すすった。

「わたし個人としては湯原宗二郎とカシニョールは、拠って立つ基盤や思想からして根本から違うと考えています。ですが、そんなことどうでもいい話です。大切なのは日本の油彩画をあまり褒めないジャルベール氏が絶賛していることです。その記事が火付け役となって、フランスの美術界では湯原宗二郎に急速に注目が集まっているのです。湯原作品を入手したいと思っている蒐集家はどんどん増えています。すぐにヨーロッパ全体に波及するでしょう。しかし湯原作品はそもそも少ない上に収蔵しているのは個人が多い。彼の作品は市場にはほとんど出てきません。投資目的でも購入したい人間は急増しています。以上は、日本ではまだメディアなどに出てきていない情報です。わたしもフランスの友人から聞いて専門誌などから情報を入手しました。あと半年もすればすごいことになるかもしれません。このブームの始まりを貴遥先生はご存じでした」

淡々とした声で野中は説明した。

元哉は驚いた。そんなブームが起こっているとは。

「そうだったのですか……それで『極楽寺逍遙』はいくらくらいになるのでしょうか」

うわずった声で亜澄は訊いた。

「残念なことに『極楽寺逍遙』はわたしも一度しか拝見したことがない。ですが、背景の極楽寺山門や前景の紫陽花の描写には晩年の湯原宗二郎の代表的な筆致がよく出ています。さらに女性像が素晴らしい。湯原作品の中でもひときわ美しく、きりっとした容貌には誰もが魅力を感じるはずです。しかも、その悩ましげな表情は得も言われぬ妖しさがあります。まぁ、あの絵なら一五〇〇万なら黙っていてもあっという間に買い手がつくでしょう」

平静な表情で野中は言った。

「一五〇〇万ですか……」

亜澄はかすれた声を出した。

「ええ、わたしは最終的には三〇〇〇万くらいの値をつける自信があります。もし仮にわたしに委託して下されば、わたしも頑張ります。仲介手数料の相場は二〇パーセントなので、わたしには六〇〇万は入りますからね。送料等を差し引いても、貴遥先生は二二〇〇万円前後の収入が得られると思います」

野中は背筋を伸ばして宣言するように言った。

「大変な金額だ」

元哉は思わずつぶやいた。

「それなのに、貴遥先生は鎌倉美術館に寄贈するっておっしゃっていたんですよ。あの絵はもっと有名で大きな美術館に展示すべき作品です。わたしがそのようなお話を貴遥先生に申しあげてもあの方には馬耳東風ですよ。一遥画伯が亡くなり自分が相続したら、あの絵は鎌倉美術館に寄贈するの一点張りです。わたしは音を上げました。ここ半月ばかりは先生にあの絵の話をするのはあきらめてお会いすることもありませんでした」

浮かない顔で野中は答えた。

「鰐淵貴遥さんはお金持ちなのですね」

亜澄は念を押すように訊いた。

「父君の一遥画伯の財産はともかく、貴遥先生はそんなに余裕のある暮らしはしていなかったと思いますよ。現在は地方公務員の課長補佐クラスの給料ももらっていなかったでしょう。これは想像ですが、年収は六〇〇万程度ではないでしょうか。二〇〇〇万円以上の収入が得られる機会をフイにするなんてわたしには理解できないです」

首を横に振りながら野中は言った。

「実際に『極楽寺逍遙』を入手したがっている人から、野中さんへの引き合いというか、問い合わせなどはないのでしょうか」

亜澄は慎重な調子で質問した。

一瞬、野中は黙った。

「実は数名おります。情報のアンテナを張り巡らしている人はどこの世界にもいますからね。ですが、一遥画伯は手放すおつもりはない。そのお客さんたちにはイタリアで言うところの『死者の靴を待つ』ようなものだから、いまはあきらめなさいとお返事してあります」

野中は苦笑しながら答えた。

「えーと、『死者の靴を待つ』ってどういう意味ですか」

亜澄は首を傾げたが、元哉にもわからない言葉だった。

「イタリアなどで言う言葉です。本来の意味は『後釜を狙って人の死を期待して待つな』というようなものですね。要するに一遥先生がお亡くなりになって貴遥先生が相続したら、あの絵を手放すと期待していた連中をたしなめるつもりで言ったんですよ」

自分自身も貴遥に対して、それこそ『死者の靴を待つ』ようなことをしているくせに、野中は平気な顔をしている。

「絵の話から離れますが、鰐淵貴遥さんと対立していたとか、恨みを抱いていたり、憎んでいたりしたというような人はいませんでしたか」

亜澄は慎重な言葉で訊いた。

「そこまで親しくおつきあいしてませんでしたから、わたしにお尋ねになっても……」

野中は言いよどんだ。

「あくまでも印象でけっこうなんです」

さらりと亜澄は答えを促した。

「印象だけなら、そんな者はいないとお返事するしかないですね。なにせ、貴遥先生はくそまじめだけが欠点というような方でしたからね。誰にでも親切でやさしいし、わたしのような者に対しても丁重な態度で接してくださいましたからね。あの人に恨みを持つなんてちょっと考えられないですよ」

真剣な表情で野中は答えた。

「話は変わりますが、湯原圭子さんという美術評論家の方をご存じですか」

亜澄はいきなり圭子の名前を持ちだした。本当は名字は知らないのだが。

野中は口をぽかんと開けた。

「よく調べてますね」

信じられないというような顔で野中は訊いた。

「警察は必要とあればどこまでも調べます」

背筋をちょっと伸ばして亜澄は答えた。

そうなのだ。警察はどこまでもしつこく調べる。

犯人はその意味では警察を甘く見ている。だから多くの犯人は逮捕されるのだ。

「もちろん知っています。湯原宗二郎の忘れ形見です。美術評論家としては売り出し中と言ってよいでしょう。小さい頃に父親を亡くしているので、苦労して大学を出たと聞いています。血ですねぇ、銀座の一流画廊に八年ほど勤めてましたが、美術雑誌などの記事を書くようになってね。いまはテレビなどにも出演しているようですよ。今回の湯原宗二郎ブームが日本にも伝播すれば、彼女にとっては非常にメリットが大きいんじゃないんですかね」

微笑みを浮かべて野中は言った。

「野中さんと圭子さんとは親しいのですか」

亜澄は野中の目を見つめて訊いた。

「まぁ、画商と評論家としては比較的親しいほうですかね。同じ鎌倉に住んでますから。ふた月に一回くらいは喫茶店で会って情報交換しますよ」

野中は屈託のない笑顔を見せた。

「よろしければ、湯原圭子さんの住所と電話番号を教えて頂けませんか」

亜澄の頼みに、野中は気安い顔でうなずいた。

「かまいませんよ」

野中はスマホを取り出すとタップし始めた。

年齢の割にはタップは素早かった。

「ほれ、これです」

そう言って野中はスマホの画面を提示した。さすがに転送まではできないようだ。

亜澄が自分のスマホで画面を撮影した。

「失礼なことを伺います。事件当日一一月二九日の午後四時半から六時半頃はどちらにいらっしゃいましたか」

亜澄はアリバイについて尋ねた。

「これは驚いた。わたしも疑われているとは」

半分笑いながら、野中は言った。

「いえ、お話を伺った方全員に伺っています」

いつもの言い訳を亜澄は口にした。

「一一月二九日というと、火曜日ですね。四時半から六時半はこの店にいました。今日と同じように外出する用事がなかったのです。証明できる人間はいません。つまりわたしにはアリバイがないということになります。でも、わたしには貴遥先生を殺める動機もないですからな」

冗談めかした口調で野中は答えた。

「あくまで形式的なお尋ねですので……」

亜澄の言葉に、野中はにっと笑った。

アリバイ確認を気にしているようには見えなかった。

すでに野中に訊くべき内容は残っていなかった。

元哉と亜澄は丁重に礼を言って《秀美堂》を出た。

西の空はブラッドオレンジに染まっていた。

3

「三〇〇〇万円かぁ」

県道を駅の方向に戻りながら元哉は詠嘆するように言った。

「まったくだよね。そんなにお金が余ってるなら分けてほしいよ」

亜澄は冗談めかして言った。

すぐに下馬の交差点まで来た。ここを左に曲がると程なく鎌倉署である。

右手の駅方向を見ると、オレンジとベージュの江ノ電バスが遠くに見えている。

「あ、あのバス乗っちゃおう」

いきなり亜澄は横断歩道を走って渡り始めた。

元哉はあわてて亜澄の背中を追いかけた。

すました顔で亜澄は下馬四ツ角のバス停の前に立っている。

「鎌倉署はバスに乗るほどの距離じゃないだろ？」

息を弾ませて隣に立った元哉は口を尖らせて訊いた。

「違うよ。梶原行きじゃん。あれに乗ったって鎌倉署には戻れないよ。あのバスは下馬四ツ角の交差点を右に曲がっちゃうんだから」

亜澄は平然とした顔で答えた。

「じゃあどこに行くつもりだよ」

「湯原圭子さんのとこ」

亜澄の言葉は意外だった。

「あのバスで行けるのか？」

「さっき野中さんから住所もらったじゃん。そしたら、梶原一丁目って書いてあるんだ。バスんなかで詳しい場所を調べるよ」

「留守だったらどうする？」

「そんときは反対方向のバスに乗って下馬四ツ角から捜査本部に戻ろう」

「ま、いいか。会議は八時からだし……あんまり早く戻ってもサボってるって思われるのがオチだからな」

「そうだよ、圭子さんに会えなかったら梶原口に美味しいケーキのお店があるからさ」

基本的に亜澄はのんきだ。

そんな話をしているうちに「桔梗山」と行き先表示のあるバスが目の前で停まった。

亜澄がさっさと飛び乗ったので、仕方なく元哉も続いた。

バスはそこそこ混んでいたが、スマホを取り出せないほどのことはなかった。

「うん、梶原口のバス停から二〇〇メートルくらいのところだね。このバスで正解だよ」

バスは長谷観音前の交差点を右に曲がり、鎌倉美術館のある谷戸の入口を通ってから、長谷配水池に向かう階段を右に見て大仏坂のトンネルを抜けた。およそ一五分ほどで目的地の梶原口バス停に到着した。

バスを降りてスーパーマーケットの脇を入ると、丘の上に建ち並ぶ住宅地のなかの細道になった。五分も歩かないうちに亜澄が立ち止まった。

「このアパートの二〇二号室。二階の右端の部屋だね」

亜澄が指さしたのは、淡いブルーのサイディング壁の二階建てアパートだった。一、二階各二部屋でぜんぶで四世帯のようだ。

築二〇年くらいだろうか、どこにでも見かける小規模なアパートだ。壁の色は違うが、元哉のアパートと似ている雰囲気だった。

元哉たちは建物中央に設けられた屋根つきの外階段を上って二〇二号室の前に立った。

表札は出ていなかった。

ドアの横にあるインターホンのボタンを亜澄は押した。

「はい、どちらさまですか」

澄んだ声が響いた。

「神奈川県警の者です」

ドアが少しだけ開いて三〇代前半くらいの女性が顔を覗かせた。

端整な顔立ちに元哉はどきっとした。

亜澄は警察手帳をさっと提示して素早くしまった。

「なにかご用ですか？」

女性は緊張した声で訊いた。

「湯原圭子さんですね？」

亜澄はやわらかい声で尋ねた。

「そうですが……」

不安げに圭子は亜澄と元哉の顔を交互に見た。

刑事がとつぜん訪ねてくれば緊張するのは当然だ。

「実はお父さまの作品についてお伺いしたいことがありまして」

亜澄の言葉に、圭子の目がこれ以上ないくらいに見開かれた。

「父の……」

「ええ、あなたは湯原宗二郎画伯のお嬢さまですね」

「はい、そうですが……」

「少しだけお時間を頂戴したいのですが」

亜澄は丁重に頼んだ。

「あの……うちのなかが散らかっていて……」

とつくづく思う。

しかし、それを気にしていては刑事は仕事にならない。こういうときには嫌な稼業だ

とつぜん訪ねたのだから迷惑な話だろう。

とまどいの顔で圭子は答えた。

「ここでもかまいませんよ」

元哉は横から口を出した。

聞き込みの際に戸口で話を聞くのは、いわばデフォルトだ。

圭子は対面する位置にある隣の部屋を気にしているようだ。

刑事が訪ねてきたことを周囲に知られたくないのは誰しも同じことだ。

「実はケーキ食べに行くところだったんで、そのお店でお話ししたいんですけど」

思いも掛けぬことを圭子は言い出した。

「もしかして《ケーキハウス》ですか」

ハイテンションの声で亜澄は訊いた。

「そうですそうです。ご存じなんですね」

嬉しそうに圭子は答えた。

「わたし鎌倉署なもんで知ってるんです。美味しいですよね。あそこのケーキ」

亜澄もニコニコしながら言った。

「いまの季節ならアップルパイがオススメです。六時までなんでお店閉まっちゃうといけないんで」

「ぜひぜひご一緒したいです」

スキップしそうな勢いで亜澄は言った。

「ありがとうございます」

弾んだ声で圭子は答えた。

亜澄と圭子は妙に盛り上がっている。

元哉はなんとなく高校時代に戻った感覚になった。

こんな感じで、興奮していた女子たちに置いてけぼりを食ったことがある。

「ちょっとコートとってきますね」

いったんドアの向こうに戻った圭子は、白いバルキーのセーターにバーバリーチェックのウールパンツというコーディネートの上に、ベージュのダッフルコートを着てきた。

地味なファッションだが、服の生地が高級そうなのでシックに感ずる。パンツはもしかすると、本物のバーバリーかもしれない。

ともあれ、元哉たち三人はケーキ屋を目指して坂道を下り始めた。

梶原口バス停近くの低層雑居ビルの一階に《ケーキハウス》はあった。

元哉たちはウッディな店内に入って奥のほうのテーブルについた。

天井から点々と下がる乳白色のガラスでできたグローブランプには、あたたかい光が灯されている。

ナチュラルな雰囲気の店内にはピアノトリオの静かなモダンジャズが流れている。

亜澄と圭子はアップルパイと紅茶を、元哉はコーヒーだけを頼んだ。

「とつぜんお訪ねして申し訳ないです。わたしは鎌倉署刑事課の小笠原と言います」

「県警本部捜査一課の吉川です」

ふたりが名乗ると、圭子はていねいに頭を下げて名刺を差し出した。

肩書きは美術評論家となっている。住所はさっきのアパートのようだ。

卵形の色白の小顔にすっきりとした鼻筋。大きな両の瞳は澄んで、深い知性を感じさせる。ちいさめのふんわりとした唇には、涼しさと甘やかさが矛盾なく同居している。

あらためて圭子の美貌に元哉は感じ入った。

刑事が事件関係者に持つべきでない感情の発露を、元哉は押さえつけた。

「わたしが湯原宗二郎の娘であることは誰から聞きましたか」

首を傾げて不思議そうに訊く圭子の第一声だった。

「鎌倉美術館学芸員の日野真矢さんです」

亜澄はさらっと答えた。

「ああ、真矢さんからですか」

「ご住所は《秀美堂》の野中さんに教えてもらいました」

「なるほど、それで……」

得心がいったような顔で圭子はうなずいた。

「おふたりともよくしてくださるので感謝しています」

そこにオーダーしていたケーキやドリンクが来た。

三人はまずは運ばれてきたメニューを消化することにした。

「美味しいっ！　このリンゴって紅玉ですね」

亜澄ははしゃぎ声を出している。

「そうなんです。酸味が強いところが、サクッとしたパイ生地に合うと思いませんか」

圭子も満面の笑みをたたえて、パイにフォークを運んでいる。

「合いますねぇ」

なんのために梶原にやってきたのかを、亜澄はすっかり忘れているみたいだ。

いささかあきれて、元哉は黙ってコーヒーを口もとに持っていった。

苦みと酸味のバランスがよく香り立つ上質のコーヒーだという気がした。

お楽しみタイムは終わった。

「実はわたしたちは、一一月二九日に亡くなった鎌倉美術館の学芸員鰐淵貴遥さんの事件を担当しています」

亜澄は圭子の顔をまっすぐに見て切り出した。

「お気の毒に思います。お目に掛かったのは二回だけなんですけど……」

圭子は目を伏せた。

「面識はあったのですね」

「ええ、あちらで古美術と現代美術のコラボを企画展として検討なさったことがあるんです。そのときにコーディーネーターの役割をできたらと思いましてお目に掛かりました。とてもまじめで優秀で見識も高い学芸員さんでした」

「わたしたちが何人かの方に伺った印象も同じです」

「鰐淵さんのお父さまでいらっしゃる一遥先生は、わたしの父の親友でいらしたとか」

「そのお話は、一遥画伯から直接伺いました。画伯はお父さまを天才だとおっしゃっていました」

亜澄の言葉に、圭子は微妙な表情を見せた。

「ありがたいお言葉です。でも、わたしは父の顔を覚えていないのです。わたしが三歳のときに自殺してしまっていますので」

暗い声で圭子は言った。

「ご苦労なさったでしょう」

亜澄は眉根を寄せ、同情するような口ぶりで言った。

「苦労したのは母です。父の遺産はほとんどなく、収入も途絶えたそうです。でも母は結婚前は県立高校の英語科の教員でした。父が死んでから県の採用試験を受け直して、ふたたび教壇に立つことができました。そういった意味では母は経済的には恵まれていましたので、わたしを育てることができました。仕事から帰った母は、どんなに忙しいときでもわたしの話はしっかり聞いてくれました。小さい頃はさまざまな本の読み聞かせをしてくれました。また、土日や夏冬の休みはいっぱい遊んでくれました。だから、ちっとも淋しいことはありませんでした」

むかしを思い出すような表情で圭子は答えた。

「素敵なお母さまだったのですね」

亜澄の相づちに圭子は目を伏せて答えた。

「はい、その母が二年前に心筋梗塞で倒れたときには、わたしは二度と立ち直れないんじゃないかと思いました。悲しみのあまり一週間で一二キロも痩せてしまったほどです。でも、幸い母は大手術のおかげで命数があって死なずに済みました。ただ足腰が弱って、単身での生活が困難となってしまったのです。そこでこの梶原にある特別養護老人ホームに入所することがかないました。たくさん顔を出してあげたいので、わたしも梶原に越してきました。身体は弱っていますが、幸いなことに頭はしっかりしていて、最近でも電子書籍の魅力にはまって、英米文学を原著で読んでいます。わたしは読書に幸せを感じている母のそばにいられる時間は幸せなのです」

父を失っても平然としている遥人とはえらい違いだ、と元哉は思った。

「圭子さんはお母さまを深く愛していらっしゃるのですね」

亜澄の目が潤んでいる。

亜澄は学生時代に母親を病気で失っている。そのときの悲しみを思い出しているのかもしれない。

「はい、三歳から女手ひとつで育ててくれたやさしい母ですから」

「お父さまにはどんな気持ちをお持ちですか」

亜澄の問いに圭子の顔は曇った。

「正直申しあげると、父に対する生《なま》な感情はありません。ですが、父が残した業績には誇りを感じています。ル・サロン、サロン・ドートンヌ、二科展、白日会展などで大きな賞を何度も頂いている事実は、成長するなかでわたしの支えでもありました」

「一遥画伯も湯原宗二郎氏は戦後日本画壇を代表する画家と言っておられました。また亡くなった貴遥さんも同じ考えだったそうです」

「嬉しいお言葉です。わたしが美術関連の仕事を選んだことも父から受け継いだ血のおかげだと思っています」

「どんなお仕事なのか、教えて頂けますか」

「雑誌媒体やウェブページに記事を書く割合がいちばん多いです。最近では講演依頼も増えてきました。たまにですが、テレビやラジオにも呼んで頂いています」

圭子は胸を張った。

「幅広くご活躍なのですね」

亜澄の言葉に、圭子の顔はパッと輝いた。

「本当にありがたいです。このような仕事が増えてきましたのも、今年の春に創藝春秋さんから『ローランサンの接吻』という新書版の美術読み物を出して頂いてからです。狂乱の時代といわれる一九二〇年代のパリでマリー・ローランサンは才能を伸ばし、やがて上流階級の婦人たちの間で絶大な人気を得るようになります。彼女に肖像画を注文することが流行するのです。たとえばココ・シャネルを描いた肖像画は有名で現在もパリのオランジュリー美術館に収蔵されています。ところで、ローランサンには美術評論家のギヨーム・アポリネールとの結婚歴がありますが、彼女はバイセクシャルだったのです。狂乱の時代に、レズビアンが文化的にどんな影響を与えたかを、ローランサンを基軸にわかりやすく説いた読み物です。その本にも担当編集さんのアドバイスで～天才画家・湯原宗二郎の忘れ形見がこっそり教える狂乱のパリ～というサブタイトルを入れて頂きました。ローランサンは知名度の高い画家ですので、関連するお仕事をぽつぽつ頂けるようになってきました」

楽しそうに圭子は語った。

元哉には縁遠い話題で頭がクラクラしてきた。

「ローランサンってファンシーな色合いが素敵ですよね」

わかってはいないだろうが、亜澄は調子よく答えた。

ローランサンという名前と、やわらかい画風のイメージは元哉もなんとなく持っていた。たぶん相当に高名な画家なのだろう。だが、そんなむかしの画家ということも初めて知った。

「惜しくも二〇一一年に閉館してしまった蓼科湖畔のマリー・ローランサン美術館は、世界でもただ一箇所のローランサン専門美術館でした。バブル期ほどの勢いはありませんが、ローランサンは現代の日本でも大変な人気があります。わたしは彼女の絵が大好きなのです」

圭子のたおやかな微笑みにまたも元哉の胸は高鳴った。

「たぶんわたしとそう変わらないお歳だと思いますが、美術評論家なんてすごいですよね」

これは亜澄の本音だろう。

「わたし、大学を出てから銀座の画廊に勤めていました。四年ほどお金を貯めて仕事を辞めて早稲田大学大学院で美術史を学びました。それで『マリー・ローランサンにおけるサフィック・モダニズムの具現化』というテーマで修士号をとりました。サフィックとは当時のレズビアンの呼び方です。修了した後、もとの画廊に戻ってふたたび勤めました。評論家のお仕事が増えてきたので、この夏で画廊は辞めました」

圭子の顔には自信が満ちあふれていた。

もちろん彼女の修士論文のテーマなど、元哉にはちんぷんかんぷんだ。が、圭子が美術評論家となるまでの経緯はわかった。

「ところで、圭子さんにお伺いしたいのは、お父さまの作品である『極楽寺逍遙』についてなんです」

亜澄はようやく本題について切り出した。

「あの絵がなにか？」

圭子の頰に緊張の色が感じられた。

「わたしたちがお話を聞いたすべての人があの絵に関係があるか、あるいは関心を持っているのです。亡くなった鰐淵貴遥さんと一遥画伯はもちろんですが、貴遥さんの息子さんの遥人さんも、学芸員の日野さんや《秀美堂》の野中さんもそうです。ですので、湯原宗二郎画伯の娘さんであって、しかも美術の専門家でもいらっしゃる圭子さんがご存じのことがあればぜひ伺いたいのです」

圭子の目をまっすぐに見て亜澄は言った。

「そうおっしゃられても、なにをお話ししていいのか……一流の画家、しかも父と親友だった先生や学芸員さんの見解にわたしがつけ加えることなどなにもないと思いますが……」

とまどい顔で圭子は言葉を途切れさせた。

「いえ、伺いたいのは、芸術学的なお話や専門家としての見解ではないのです。圭子さんの個人的なお話でいいのです」

噛んで含めるように亜澄は言った。

「はぁ……」

圭子はどう答えていいかわからないようだった。

「あなたはあの絵をご覧になったことはあるのですか」

答えを誘うように亜澄は問うた。

「一度だけ……拝見しました。わたしは父の絵をいくつも見ていないので見せて頂いてありがたかったです。『極楽寺逍遙』はわたしの予想を遥かに超えている素晴らしい作品でした。自分の父が描いたと思うと全身が震えてきました。正直言ってあれほどの力を持っているとは考えていなかったのです」

圭子は感に堪えたように言った。

「わたし一遥画伯のお宅で『極楽寺逍遙』を拝見したときに、涙が出そうになりました。

湯原宗二郎画伯は、自分で扱いきれない深い苦悩を持っている。それを表現して見る者に伝えたいんだなって感じたんです。わたしのようなド素人が言っても無意味ですが……」

亜澄は頰を染めてうつむいた。

元哉は驚いた。自分にはそんな苦悩は少しも見えてこなかった。

「とんでもない！」

圭子は叫んだ。

ハッとして亜澄も顔を上げた。

「あなたが父の苦悩を受け止めたことはすごいと思います。わたしもあの絵は苦悩という業に満ちていると感じています。だいたい古今の名画は世の人々の支持を得たから、長い月日を生き抜いてきたのです。専門家の評価は大事です。しかし、多くの鑑賞者のこころを震わせることができなければ、それは名作ではありません。時代とともに消え去る運命にあるでしょう」

力強く圭子は言い切った。

「ありがとうございます……ところで、鰐淵貴遥さんはあの絵を鎌倉美術館に寄贈したら、専門機関に依頼して、蛍光X線調査や赤外線写真調査などの非侵襲式ツールによる解析をしたいとおっしゃっていたそうです。圭子さんに許可を得たというお話ですが、間違いありませんね」

念を押すように亜澄は訊いた。

「はい、美術館側も大賛成だそうですね。わたしは作者の娘というだけです。非侵襲式の調査に反対する権利も理由もありません。そもそも鰐淵さんがわたしの許可を取ろうとしていたこと自体が不思議です」

圭子ははっきりと言いきった。

その表情にウソはないと元哉は感じた。

「几帳面な性格だからと日野さんも言っていました……。失礼ですが、圭子さんは『極楽寺逍遙』を自分のものとしたいと思ったことはないですか」

亜澄は平らかな声で尋ねた。

「あの絵を手に入れたいという思いはもちろんあります。ですが、とてもわたしが買えるはずもないです。わたしのアパートをご覧になったでしょ。七万円台の家賃だって必死で払っています。あの絵を投資の対象としか考えていないような人間に持ってほしくないという願いは強いです。でも、鰐淵さんは相続したら鎌倉美術館に寄贈するとのお話なので安堵致しました。絵画に対する愛も、画家に対する敬意もない投資家などが手に入れることはなくなります。流通は怖いのです。あの絵の美を長らく後世に残したいと思っていますので、美術館の収蔵作品となることがいちばんだと信じています。たくさんの方に見て頂くこともできます。一遥先生はご自分が生きている間は独り占めしたいと言ってらっしゃるそうですが」

　圭子はかすかに笑った。

「つかぬ事を伺いますが、あの絵をどこでご覧になったのですか」

　畳みかけるように亜澄は訊いた。

「極楽寺の一遥先生のお屋敷です。素晴らしい邸宅ですね」

　口もとに笑みを浮かべて圭子は答えた。

「一遥画伯にはお会いになりましたか」

「いいえ、たしか通院なさっている日だったと聞きました。お目に掛かってお話を伺いたかったです」

　通院の日を選んだということは、やはり貴遥は父の一遥には『極楽寺逍遙』の解析調査を企図していることを知られたくなかったのだ。

「形式的なお尋ねですが、事件当日の夕刻、四時半から六時半頃、圭子さんはどちらにいらっしゃいましたか」

　亜澄は静かに訊いた。

「覚えていません……ちょっと待ってくださいね」

　首を傾げて圭子はスマホを確認した。

「ああ、その日なら一日東京に行っていました。書店めぐりです。美術の専門書、とくに洋書は都内の大型書店にしか置いてないのです。たとえば丸善さんとか、紀伊國屋さんとか、三省堂さんとか……三時から五時頃まではたしか丸善本店さんで血眼になって必要な本を探していたと思います。とにかく本代が掛かるんですよ。たいした収入もないのに」

自嘲するように圭子は笑った。

アリバイの証明は可能かもしれないと元哉は思っていた。

いま名前の出た店の防犯カメラの映像をすべて集めれば、圭子が写っている可能性はある。

もっともそんな捜査は必要ないはずだ。

「ありがとうございました……ところで、フランスで湯原宗二郎ブームが起きているそうですね」

亜澄は明るい声で言った。

「どこでその情報を？」

目を瞬いて圭子は訊いた。

「《秀美堂》の野中さんです。高名な評論家がお父さまの『古都驟雨』という大型絵画をカシニョールの東洋的進化と言って激賞したことがきっかけだそうですね。お父さまへの注目度はフランスの美術界から欧州じゅうにひろがるだろうって言ってました。あと半年もすればすごいことになるかもしれないって……」

亜澄の言葉を圭子は途中でさえぎった。

「野中さんはその情報をどこで手に入れたと言ってましたか」

猜疑心に満ちた顔で圭子は訊いた。

「自分はフランスの友人からその話を聞いて、専門誌などから情報を入手したと言ってましたけど……」

「あの人はやっぱり信用できない」

吐き捨てるように圭子は言った。

「どうしてですか？」

亜澄は首を傾げて訊いた。

「セバスチャン・ジャルベール氏の論評の話は、わたしが野中さんにしたんです。掲載されたのは『アール・プレス』という一九七二年創刊の月刊美術雑誌です。発行部数は五万部近いんですよ。だいたい、野中さんはフランス語の美術誌などお読みになれないと思います。なんだか、自分の手柄のように言うなんて気分が悪いです。わたしは大きな雑誌で書く機会があれば、そこで紹介しようと思っていたのに」

圭子は歯噛みして悔しがった。

「『極楽寺逍遙』は一〇倍くらいになるって野中さんは言ってました」

あえて亜澄は価額について触れなかったが、圭子はある程度は把握していることだろう。

「わたしは父の作品は持っていませんから、経済的な面でのメリットはありません。でも、父の注目度が上がることは嬉しいし、わたしが活躍する上ではプラスになると期待しています。創藝春秋さんが大学院を出て間もないわたしにあんな本を書かせてくださったのも、湯原宗二郎の一人娘だからです。言ってみれば、わたしは父の無形の遺産で仕事ができているようなものです。だから父への注目度が上がることには期待してしまいます。すごくいやらしい期待ですけどね」

最後は自嘲するような圭子の声だった。

「とんでもない。大いに期待しましょうよ」

亜澄は笑顔で励ました。

そろそろ訊くことも尽きたようだ。元哉は聴取終了を亜澄に目顔で確認した。

「今日はいきなりお訪ねしましたのに、こころよくご応対頂けて嬉しかったです」

感謝の気持ちが亜澄の笑顔にこもっていた。

「思いつくままにおしゃべりしてしまいました。お役に立ちましたでしょうか」

さっぱりした顔で圭子は答えた。

「はい、大変に参考になりました。本当にありがとうございました」

亜澄は座ったままで深く一礼した。大きい店ではないので、起立すると目立ちすぎることを配慮したようだ。

元哉もこれに倣った。

「また、アップルパイとか食べましょうね」

笑顔で圭子は誘った。

「嬉しいです。わたし鎌倉署にしばらくいると思いますので、ぜひご一緒しましょう」

亜澄もにこやかに答えた。

圭子と亜澄は夜のオヤツと言ってシフォンケーキをひとつずつ買って店を出た。

冷蔵庫に入れるのが基本のアップルパイとは違って、二四時間くらいは常温でも大丈夫だそうだ。

元哉はもちろん買わなかった。亜澄と圭子が喜んでいるケーキに興味がないわけではなかった。

だが、今夜はどうせ鎌倉署の柔道場に敷かれたレンタル布団で夜をすごすことになるのだ。

署内でケーキタイムをしても楽しいはずはないのであきらめた。

ちなみに亜澄は、鎌倉署に至近の材木座にアパートを借りている。

捜査本部に泊まらずに済むのも、所轄の女性警察官ならではだと思う。

県内全域の捜査本部に参加しなければならない元哉は、捜査本部が設置されるとしばらくは警察署の柔道場に泊まりこむしかない。

「美人だからねぇ、圭子さん」

鎌倉駅行きのバスのいちばん後ろのシートで、横に座る亜澄がぽつんと言った。

元哉は無視した。

どうせロクでもない難癖をつけてくるに決まっている。

「誰かさんは、ちゃんとお仕事してたかなぁ」

さすがに黙っていられない気持ちになった。

「なんだよ、いきなり」

ムッとした気持ちを隠さずに元哉は言った。

「トボけたってダメだよ。事情聴取の間じゅう、ヨダレ垂らしそうな顔してたじゃん」

嬉しそうに亜澄は言った。

「そんなことねぇよ」

不機嫌そのものの声で元哉は答えた。

「はいはい、ムキにならない」

亜澄は挑発している。ここで腹を立てては亜澄に娯楽を与えるだけのことだ。

元哉は答えを返さなかった。

「でもさ、ルックスも内面も輝いているような女性なんて滅多に出会えないもんね。吉川くんが憧れるのも無理はないよ」

無視されても亜澄はひとりで話し続けている。

「俺は別に……」

うっかり答えてしまった。

「幼い頃にお父さんが自殺したせいなのかな。圭子さんって、こころのどこかに淋しさを隠している感じだよね。そこがたまらないんでしょうね」

「そうかなぁ」

「ほら、たいていの男って『かわいそう好き』じゃん」

「なんだよ、それ」

「かわいそうに見える女に弱いってこと」

「俺はそんなことないぞ」

元哉の言葉を無視して亜澄は続けた。

「だけど言っとくけどね。自分は不幸だって他人に表現できる女は強いんだって。本当にかわいそうな女は他人に甘えられない人なんだよ」

変につよい調子で亜澄は言った。

「そんなの圭子さんには関係ないだろ」

「まぁ、そうだけどね。キミへのアドバイスだよ」

ヘラヘラと亜澄は笑った。

「余計なお世話だ。イケメンにはすぐにデレデレする小笠原に言われたくないよ」

「あたし、デレデレしたことなんて一回もないし」

亜澄のバカバカしい与太話につきあっていられない。

元哉は亜澄から視線を逸らして灯の点った鎌倉の街を眺めていた。

捜査会議が始まる午後八時まではまだ少し時間があった。

「夕飯食べてこうよ。お腹空いちゃった」

情けない声で亜澄は言った。

「賛成だけど、この先でいい店知ってるのか?」

「まかせといて!」

亜澄は急に元気な声を出した。

下馬四ツ角のひとつ手前の六地蔵前のバス停で下りたふたりは、すぐ裏通りにある《ポポン》というレストランに入った。

元哉は新橋牛飯というご飯の上にすき焼きを載せた丼物を頼み、亜澄は鎌倉野菜のポークカレーを頼んだ。

すき焼きの肉はやわらかくて美味しかった。かかっている汁もちょうどよい甘みで牛肉や豆腐への沁み加減がベストだった。

「そう言やさぁ、平塚って風俗店すごく多かったじゃん」

食事を終えて一休みしていると、亜澄がとつぜん言い出した。

「いまはかつてほどじゃないけどな。とんでもない店名の店がいくつもあったな」

記憶のなかに平塚駅北口前の宝町あたりに並ぶ派手なネオンが思い浮かんだ。

「二〇年くらい前だとさ。北口下りてすぐのところにもピンサロだかなんだか知らないけど《アーイヤン》とかいう店名でバーミヤンそっくりのロゴ出してる風俗店があったじゃん」

亜澄は笑いを噛み殺した。

元哉が思い浮かべた店のひとつだった。

「まったくバカだよな。そんな店出すほうも。ふらふら入っていくほうも」

あきれ声で元哉は言った。

「あたしがいた厚木署も生活安全課の署員は苦労が多かったけど、平塚署も大変だね」

かつて亜澄は厚木署刑事課の盗犯係にいたことがある。

「まぁ、鎌倉署のようなわけにはいかないだろうな」

元哉の言葉に亜澄はうなずいた。

「風俗店じゃなくてバーなんかの深夜酒類営業ができる商業地域だって、ほんとに少ないからね。鎌倉署管内だって、小町と雪ノ下の一部だけだもん。つまり鎌倉駅周辺だけなんだよ」

鎌倉市内でバーなどが深夜営業をしても客の数は少ないだろう。

「平塚駅周辺とは大違いだろうな」

元哉は詳しくは知らないが、平塚にはバーやスナックは少なくないはずだ。

どうでもいい会話を終えて、元哉たちは鎌倉署に戻った。

午後八時からの捜査会議には捜査主任の福島《ふくしま》捜査一課長も臨席していた。

鎌倉署の大野《おおの》治夫《はるお》刑事課長が司会役を務める。

亜澄の直属の上司である吉田《よしだ》康隆《やすたか》強行犯係長も当然ながら参加していた。

鑑取り班は鰐淵貴遥の交友関係を中心に捜査を進めている。貴遥の交友関係はやはり深くはなかった。学生時代の友人はかなりの数に上るが、関係性は希薄だということだ。

貴遥の死によって一遥が死亡した際には代襲相続して利益が出る鰐淵遥人には、動機があるものと判断された。

貴遥の死によって、一遥の財産の一部を取得できるからである。明日は捜査員を真鶴町に派遣して遥人のアリバイの裏取りをすることになっていた。

また、地取り班はまったく成果が挙がっていなかった。相変わらず、目撃者は見つからず、周辺部にはやはり防犯カメラはなかった。

駐車車両のドライブレコーダーにも怪しい人物の姿は映っていなかった。

遺留品捜査班もほとんど成果は出ていない。貴遥の遺品であるスマホに事件当日の午後三時七分と三時九分に掛かってきた二本の電話は、鎌倉駅西口の横浜銀行ATM横に設置してある公衆電話ボックスからのものであることが判明した。両方とも貴遥は鎌倉美術館で執務中の時間であったが、その電話に気づいたと証言したスタッフはいなかった。

司法解剖の結果はまだ出ていなかったが、石のようなもので撲殺されたとする検視官や鑑識係長の見解を覆すことはできないだろう。

亜澄は『極楽寺逍遙』にまつわる事実についての捜査結果を報告し、引き続き捜査する必要性を訴えた。

「その……湯原宗二郎という画家の絵が本当に本件に関わっているのか」

二階堂管理官は亜澄の意見に懐疑的だった。

「わたしは関連していると思います。すべての関係者が絡んでいる絵画作品なのです。しかも三〇〇〇万円にも値上がりする可能性があります。波乱を呼びかねない絵だと思います」

亜澄は言葉に力を込めた。

「根拠が希薄だ。マルガイが相続する予定で、その父親の文化功労者が大切にしているっていうだけだろ。捜査員の数は限られているんだぞ」

亜澄の顔を見て、二階堂管理官は厳しい顔つきになった。

元哉も『極楽寺逍遙』は追いかけ続けたかった。だが、捜査幹部や管理官が認めなければ、許されることではなかった。

「二階堂くん、少しでも可能性のある線は追いかけてもいいじゃないか。みんないまの時点では、そんなに成果が挙がっていないんだ。方向性を絞り込むのはまだ早いんじゃないか」

福島一課長が助け船を出してくれた。

「ふたりだけですから、好きにさせましょうか」

二階堂管理官は渋々認めた。

捜査会議は終わった。

元哉たちは明日も『極楽寺逍遙』に関する捜査を許された。

ほかの捜査員が担当している市内の鑑取りの補助のために、元哉と亜澄はふたたび夜の街に出ていった。

第三章　運命の罪禍

1

翌日の午前九時半過ぎ。

元哉と亜澄は月影ヶ谷の鰐淵一遥邸にいた。

三人は昨日と同じサンルームのソファに座っていた。

幸いにも一遥は今日も体調のよい状態だった。

「画伯、どうかお願いします」

亜澄は深々と頭を下げている。

「顔を上げてくれ」

やさしい声で一遥は言った。

ゆっくりと亜澄は顔を上げた。

「この絵に描かれている若尾茉莉子、僕と宗二郎の話を詳しくすればいいんだろう。かまわんよ。僕以外はとっくに世を去っているし、なにぶんにもむかしの話だからな」

しんみりとした声で一遥は言った。

「ありがとうございます。わたしはこの『極楽寺逍遙』がご子息さまの死の謎を解いてくれると信じているのです」

亜澄は真剣な顔で言うと、一遥はゆっくりとあごを引いた。

「僕が若尾茉莉子に会ったのは一九九〇年、平成二年のことだった。いまから三二年前だね。その頃はバブルの真っ只中で僕たち絵描き稼業もものすごく景気がよかった。バブルで金持ちになった連中が、高額な絵をどんどん買ってくれたからね。だから僕たち絵描きは浮かれたり、いい気になったりしていたものだ。銀座にもさんざん行った。女の子を並べてシャンパンの大盤振る舞いなんてバカ丸出しの夜を過ごしたものさ。だけど茉莉子は銀座の女じゃない。そういった華やかな世界とはまるきり無縁な女だった。彼女は新宿のある画材店の売り子だった」

話しているうちに一遥の記憶は三〇年以上前に戻っていくようだった。

両目が生き生きと輝き始めた。

「茉莉子はまだ二二歳だった。高校を卒業と同時に上京してその画材店に勤めていた。初めて会ったときに、華奢で線が細くて神経質そうな子だなと思った。だが、瞳には生き生きとした光が宿っていた。そう、小笠原くん、あなたの瞳も生き生きとしている。力強くまっすぐで実に魅力的だ」

一遥は亜澄を見つめて言った。

「恐れ入ります」

亜澄はにまっと気持ちの悪い笑みを浮かべた。

「だがね、まっすぐすぎる。あなたを描きたいと思うが、あなたと恋に落ちることはなかろう」

まじめな顔で一遥は言った。

「うふふふ」

亜澄は楽しそうに笑った。

一遥は八〇歳だ。亜澄は二八歳。父娘どころか祖父と孫の年齢差だ。

こんなことを嫌らしくなく、さらっと口にできるじいさんになりたいものだな、と元哉は思った。半世紀も先の話だが……。

「茉莉子の瞳は生き生きとしているが、とても不安定だった。笑っているときでもいつも淋しさを内包していた。いつか霞のように消えてしまうようなそんなおそれを感じさせる瞳だった。

僕は茉莉子のそんな瞳にやられたんだ。バブル絶頂のあの頃、若い女性たちは自分の魅力を表出することに必死だった。だが、僕にはそれが気に入らなかった。自分を高く売りつけようとしているとしか見えなかったのだ。言葉は悪いが、そんなことに汲々としている女性はみんな娼婦のように感じた。だから茉莉子に惹かれたのだろう。彼女は現実にその場所にいながら、本当は幻影なのではないかと思わせるところがあった……君たちは、江島神社に安置されている弁財天は見たことがあるかね」

唐突に話題が変わって、元哉は一瞬ついてゆけなかった。

「あの裸のヤツですか」

琵琶を抱えた全裸の白い座像を元哉は思い浮かべた。

お堂の中に展示されていて、二〇〇円だかを払って拝観した。

あれはいつぞや、その頃つきあっていた彼女と見たのだ。元哉には直視できないほどありがたい神さまだった。

元哉の言葉に、一遥ははっはっはと笑った。

「いま僕が思い浮かべたのは国の重要文化財に指定されている八臂《はっぴ》弁財天だが、裸弁天も市の重文にはなっている。江戸時代の庶民の男たちはあの座像に憧れたということだ。まぁ、どちらでもよい」

一遥は茶碗をとって喉を潤した。

「弁財天はヒンドゥー教のサラスヴァティーという女神が仏教に取り込まれたものだ。もとの姿はまったく違う。ヴィーナを携えたインド美人だ。インド料理屋に安っぽい絵がよく飾ってあるが、僕はチークの木で掘られたサラスヴァティー像を見たことがある。それこそふくよかでセクシーな姿だった。一方、本地垂迹説《ほんじすいじやく》によれば、弁財天は宗像三《むなかたさん》女神《じょしん》の一柱である市杵嶋姫命《いちきしまひめのみこと》であるそうだ……」

一遥は興に乗って喋り続けているが、元哉には話の趣旨が見えてこなかった。

亜澄は放心したように壁の『極楽寺逍遙』をぼんやりと眺めている。

「要するに、女性は見る者によって千変万化するものじゃないかと思うんだよ。あるいは見る者は正しくても存在自体が千変万化するのかもしれない。弁財天と思って声を掛けるのを遠慮していたら、サラスヴァティーに変わって勇気がないと笑われた。サラスヴァティーと思って抱きしめたら、市杵嶋姫命となって恥じらって雲の彼方に消えてしまった、なんて話だ。だから、僕は目の前の茉莉子がとつぜん風に乗って空高く消えてしまったり、霧に包まれて姿を失うんじゃないかと思った。そうなるとどうにかこの場に留まってほしいと願うだろう。お能の『羽衣』の漁夫のようにね」

一遥はニッと歯を剝き出して笑った。

能楽『羽衣』は三保の松原など各地に伝わる羽衣伝説をもとにした曲である。

羽衣に身を包んだ天女が下りてきたのを見た漁夫が、その美しさに懸想して天に帰さぬために羽衣を隠してしまう。天女は漁夫の妻となるが、羽衣を見つけ出して天に帰ってしまうというような話が代表的だ。

それにしても一遥はおもしろいじいさんだ。元哉なら「茉莉子をゲットしたかった」ですませるところをこんなに長々と喋り続けている。

「ある夏の夕方のことだ。店に行ったときに新しい木炭が入荷していた。僕はふだんは下書きも絵の具でやる。だがね、スケッチをするときは木炭か鉛筆を使うんだ。下書き用ではないから濃いものを好んできた。僕はむろん試し描きをした。なかなかいいが、しなやかさが足りないので悩んでいた。すると、茉莉子は木炭を手に取って試し描き用のスケッチブックにさらさらと稲穂を描いてみせたんだ。この筆致に僕は驚いた。生き生きと描かれているばかりじゃない。それは豊年を祈るこころと一抹の淋しさを感じさせたんだ。実は茉莉子には画才があった……」

淋しげに一遥は言って遠くを見つめるような目つきになった。

「後に聞いたのだが、茉莉子はね、新潟の貧しい家の子だった。出雲崎の良寛堂の裏の道沿いのバイク屋兼自転車屋の二女だった。いまは格差社会とかいう言葉がはやってるけど、あの頃だってひどい格差はあった。彼女の父親は同じ出雲崎の農家の三男だった。三男なので陸上自衛隊に行ってバイクの修理技術を身につけてなんとかバイク屋を開業したそうだが、母親が病気がちなので食うや食わずだと言っていた。土地があれば……という願いは父親から聞いていたそうだ。それが無意識に稲穂を描かせたのかもしれない」

一遥の声は苦しげだった。

たしかに一遥の言う通りだろう。格差社会は連綿と続いている。自分は両親が市役所職員だったので、恵まれて育った。だが、小中学校の同級生には経済的に恵まれない家の子どもたちも何人もいた。

「とにかく僕は恋に落ちた。茉莉子のことが忘れられなくて新宿の画材店に毎日のように通った……お、小笠原くん。僕を軽蔑してるね」

一遥は亜澄の顔を見て言った。

「い、いえ別に……」

あわてたように亜澄は顔の前で手を振った。

「軽蔑するのも当然だ。僕には家内がいた。彼女は学生時代の同級生だ。僕が大学院にいるときに結婚して絵の道はあきらめて貴遥を生んだ。あの時代だから許されたんだが、僕は家内に家庭をすべてまかせていた。家内は貴遥をきちんと育て上げ、すでに息子は東大にいた。僕が家内孝行をする番だよね。それをいい歳して息子と同じくらいの娘にのぼせるなんてどうかしているし、家内に対するひどい裏切りだ」

自嘲的な言葉とは裏腹に一遥の顔は平らかだった。

「はぁ……」

亜澄は否定しなかった。

「だがね、恋はするものじゃなくて陥るものなんだ。君には経験はないかね？　ある日とつぜん、ひとりの女性にこころのすべてを支配されてしまうというようなことは……」

まじめそのものの顔で一遥は元哉に言った。

「残念ながら、まだそういう女性には出会っていません」

正直に答えるしかなかった。

「この小笠原くんはどうだな？」

一遥は亜澄に目をやって微笑んだ。

「じょ、冗談はやめてください」

元哉は舌をもつれさせた。

「はははは」

上機嫌で一遥は笑った。

余命宣告を受けているとは思えないほど明るい笑いだった。

「さて、僕は奥手だった。女房子どもがあるからではないが、茉莉子に自分の気持ちを伝えられなかった。毎日のように通っているのに、話すのは画材と天気の話ばかり。休憩時間に近くのレストランでハンバーグランチかなんかをおごってあげるのが関の山だった。そのときに彼女の故郷の話を聞いたんだけどね。冬場はすごく海が荒れるらしい。品川の海が冬でも真っ平らなことに驚いたそうだ。子どもの頃は冬場は自分の家も逆巻く波に呑み込まれるんじゃないかとおびえていたそうだ。茉莉子の家のすぐ海寄りに建つ良寛堂は日本画家の安田《やすだ》靫彦《ゆきひこ》氏が設計して大正時代に竣工した建物だ。長い間あの場所で無事なのだから彼女の家も簡単には波に呑み込まれたりはしないのだがね」

しんみりとした声で一遥は言った。

「ところが、いつの間にか彼女は消えてしまった……『羽衣』の天女の如く……」

その顔は淋しいを通り越して苦痛にゆがんでいた。

「消えたとはどういうことですか？」

亜澄は静かに尋ねた。

「画材店を辞めてどこへ行ったかわからなくなったんだ。店の者も知らなかった。僕はしばらく新宿のその店のまわりをほっつき歩いて茉莉子を捜した。彼女が立ち寄りそうなデパートや洋品店、惣菜屋、喫茶店などをうろうろとね。だが、あまりにも馬鹿馬鹿しいと思って作戦を変えた。こっそり金を渡して、店に登録してある住所を聞き出した。すっ飛んでいったが、安アパートの部屋はもぬけの殻だった。出雲崎のバイク屋もなんとか探し出して電話した。だが、父親は『無事でいる』としか言わず、転居先も教えてくれなかった。父親のけんもほろろの返事を聞いたとき、僕みたいな五〇前の男につきまとわれて迷惑だと親に話したのだと思った。言っておくがね、このときはプラトニックな間柄だったんだ。僕はまるで男子中学生そのものだった」

驚いたことに一遥は頰をうっすらと染めた。

「僕は絵を描く気もせずに、本も読まず、この家で寝てばかりいた。だが、さすがに家の中に閉じこもっていることに嫌気がさして近所をぶらぶらと歩くことにした。半年くらい絵もちっとも描けなかった。画廊にはさんざん文句を言われたよ。半年以上経った頃かな……七月頭のことだ。梅雨の晴れ間のある日……彼女に出会ったんだ。この極楽寺でね」

一遥の声はうわずった。

「極楽寺で……」

言葉をなぞる亜澄の声はかすれた。

「そうだ、極楽寺切通しの峠付近にある成就院の山門近くだ。茉莉子は淡い紫の絽の生地に白い絞りの大輪の朝顔を散らした着物を身につけていた。髪はアップにしていてどこぞの若奥さまといった雰囲気だった。新宿で会っていた頃とはまったく違う姿に僕はただ驚くばかりだった。彼女はもう少女ではなくなっていた……。深い淋しさを覚えると同時に、狂おしいほど茉莉子を求めている自分自身のこころに気づいた」

言葉を切って一遥は茶で喉を湿した。

「会ったときの彼女の表情は見物だった。まずいぶかしむように首を傾げ、続いて目を大きく見開いて僕が誰であるかに驚き、最後に激しい喜びの色を満面にたたえた。彼女はいきなり抱きついてきて『会いたかった』と耳もとで言ったんだ」

低い声で一遥は言った。

「素敵……」

うっとりと亜澄は言った。

元哉としては他人の恋バナなどいつまでも聞いていたくはなかった。

だが、一遥はただの老人ではない。偉大なる洋画家だ。

いま聞いている話は日本美術史の一ページなのだ。

「僕は茉莉子を馬場ヶ谷のアトリエに連れて行った。いま遥人が住んでいるあの場所だ。あそこにはむかし僕のアトリエがあった。貴遥が育ち盛りの頃はうるさくてこの家では仕事ができなかったからあの場所にアトリエを建てたんだ。老朽化したので何年か前に取り壊して貴遥父子の住まいとした」

「そうだったんですか」

亜澄の言葉にあごを引くと、一遥はゆっくりと口を開いた。

「茉莉子が淹れてくれたお茶を飲みながら、僕は悩み続けた半年間の苦しみを赤裸々に伝えた。なぜ、なにも言わずに姿を消したのかを訊いた。事実はまったく思いも掛けぬものだった」

一遥は暗い顔で言葉を切った。

亜澄の喉が鳴った。

「新宿の画材店で彼女を気に入っていたのは、僕ひとりではなかった……」

暗い声で一遥は言った。

「その方はもしかすると……」

亜澄は言葉を呑み込んだ。

初めて会ったときに聞いていたので、元哉にも答えはわかった。

「そう、もうひとりは親友の湯原宗二郎だよ。宗二郎はある日、店の奥で僕を見つけ話しかけようと近づいた。すると、僕は茉莉子と親しく話し始めた。宗二郎は柱の蔭に隠れて僕と茉莉子を観察してたんだ。あの店は大きいからそんなこともできたんだろう。僕は茉莉子に夢中で宗二郎のことにはまったく気づかなかった。そのうちに宗二郎は僕がいない時を見計らって茉莉子と話すようになったそうだ。もともと宗二郎は軟派な男だ。茉莉子の気を惹くのは僕とは比べられないほど上手かったはずだ。ついに宗二郎は茉莉子の袖を引いた。ヤツは女房もいたし、娘が生まれたばかりだった。にも拘わらず、茉莉子を誘惑した。男性経験のなかった茉莉子は『幸せにしてやる』という言葉にころりと騙されて、結局、宗二郎の愛人になった。その頃宗二郎は、扇ガ谷に住んでいたが、坂の下に別に家を借りて茉莉子を囲ったんだ。まるで、戦前の話みたいだ。僕らの若い頃は、そんなヒヒ爺がいくらでもいたんだ。だけど、三〇年前にはもう、そんなことを堂々とできる五〇近い男は少なかった。恥ずべき行いと世間も考えていた時代だ。まぁ、いまでも議員だの経営者などには、この類いの男が多少いるようだがな」

苦虫をかみつぶしたような顔で一遥は言った。

話に出てきた宗二郎の娘とは言うまでもなく圭子のことだ。

昨日会ったばかりなので、さすがに元哉は緊張した。

「その頃の宗二郎は多少の金はあったから、茉莉子にはかなりの贅沢をさせた。会ったときの美しい出で立ちもそうだ。貧乏だった茉莉子は驚喜した。そんな贅沢を与えてくれる宗二郎に感謝した。高名な絵描きだけにその愛人の地位にもガマンできたようだ。ところが茉莉子の幸せは三月ほどで破られた」

悔しげに一遥は唇を嚙んだ。

「なぜ幸せが終わったんですか」

亜澄は不安げな表情で尋ねた。

「宗二郎が茉莉子に怒声を浴びせ、殴る蹴るという暴力を振るうようになったんだ。実はその頃を境に宗二郎の絵はちっとも売れなくなっていった。そんな鬱憤を、こともあろうに茉莉子への暴力で晴らすようになったんだ。僕は腹の底から怒りが湧いてきた」

そのときの怒りを思い出したように、一遥は歯ぎしりをした。

「最低っ」

亜澄の声には怒りがにじんでいた。

「茉莉子は坂の下の妾宅から何度も逃げだそうとしたんだそうだ。だが、行く当てがなかった。贅沢を知ってしまった茉莉子は画材店の売り子に戻れなかったし、故郷に帰ることもできなかった。絵が売れるようになれば、宗二郎の機嫌もよくなるだろうと日々のつらさに耐えていた。その日は宗二郎が来ないことがわかっていたし、よい天気だったので成就院まで紫陽花見物に来たのだそうだ。茉莉子は僕が極楽寺に住んでいることを知らなかった。僕の姿を見て死ぬほど驚いたそうだ。思わず抱きついてごめんなさいと何度も謝っていた」

しばし一遥は黙った。

「アトリエは西陽に包まれる時間となった。茉莉子を帰したくなかった。だが、帰さなければ、宗二郎と同じ罪を犯すことになる。僕が画材店にいた彼女に近づいていたのはなにが目当てだったんだろう。自分でもよくわからなくなっていた。アトリエに置いてあったワインを開けてオイルサーディンの缶詰で飲み始めた。酔うほどに飲んでいたわけではないのに、僕の頭はグルグルと回り始めた。僕のこころは熱く燃えている。だが、家内や貴遥の顔が浮かんで僕は茉莉子を送っていこうと頑張った。ところが、ふとした弾みに茉莉子の二の腕に残された、鶏卵ほどもある紫色のアザを見つけてしまった。僕は彼女の手首をつかんで引き寄せた。彼女はちいさく首を横に振った。僕が抱きしめると、茉莉子の全身から力が抜けた……」

沈黙が漂っている。

窓の外でキジバトが鳴いている。

「結局、僕は茉莉子をアトリエに住まわせることになってしまった。展覧会用の制作が忙しいからアトリエに籠もる。決して訪ねるなと、家内には強く言い置いた。家族を裏切る苦しさと茉莉子とともにいる歓びがいつもこころのなかでせめぎ合っていた。茉莉子は『奥さんに申し訳なくて』と何度も泣いた。僕はどうしていいかわからずに苦しい日々をすごした。半月も経った頃だろうか……。ある晩、ふと気づくと隣に寝ているはずの茉莉子がいない。枕元には『女として一生分の幸せをありがとう。毎晩、あなたの寝た後、ずっと嬉し泣きしてました。これ以上、あなたを苦しめてはなりません。探さないでください』という書き置きがあった。僕はどうしていいかわからず、一睡もせずに翌朝を迎えた」

言葉を切った一遥の両目から涙があふれ出た。

「その日の正午のテレビニュースで、前の晩遅く茉莉子が成就院の階段から転げ落ちて亡くなったことを知った。警察では事故と判断した。僕は彼女の遺体を引き取ることができなかった。宗二郎が茉莉子の遺体を引き取るように故郷の両親に連絡したと聞いた。宗二郎は友人と名乗ったそうだ。だが、遺体を引き取るために警察に出頭しなかった僕はもっと卑劣だ。これは僕の一生の後悔だ。卑怯にも僕は家庭を守るために彼女を見捨てたんだ……」

一遥の頬に涙が流れ落ちた。

亜澄の両目にも涙があふれている。

元哉の胸もつぶれそうになった。

自分ならどうするか、答えは出そうになかった。

「茉莉子は天に帰ってしまったんだよ。あの弓張月の夜に……」

うめくように一遥は言った。

ふたたび沈黙が室内に漂った。

やがて一遥はゆっくりと口を開いた。

「宗二郎の絵はさらに売れなくなった。そのためか、あるいは茉莉子に去られた苦しみからか、宗二郎はうつ病を患った。その事故から二年ほどして彼は毒をあおって死んだ。いまよりはさまざまな毒物がずっと入手しやすかったんだ。『制作に疲れた』とだけ書かれた自筆遺書が自宅から発見されている。宗二郎が自殺してすぐ、この絵が僕の家に届いた。奉書紙に『極楽寺逍遙』一九九四・七・七とだけ記されていた。この絵を見たとき、モデルが茉莉子だということはひと目でわかった。だが、実際にふたりが極楽寺の山門に行ったことがあるのかも、この絵の茉莉子の表情の意味するものもいまだに僕にはわからない。家内が亡くなってから、僕はこの絵をサンルームに掛けた。毎日眺めながら謝り続けているよ。優柔不断なせいで君を苦しめてしまった。最後には死なせてしまった。すべては僕の罪だってね」

一遥はポケットからハンカチを出して涙を拭った。

元哉は一遥の苦しみがよくわかった。男だからかもしれない。

一遥の夫人からすればたまったものではないだろう。

だが、茉莉子のことは本当に不幸な女性だとは思う。

自分が一遥なら家族を捨ててしまうかもしれない。

「近くで拝見してもよろしいでしょうか」

とつぜん亜澄は立ち上がって作品に歩み寄った。

「ああ、茉莉子にあいさつしてやってくれ」

一遥は亜澄のすぐ横に立った。

元哉はふたりの背後に立った。

亜澄は何度も顔を近づけたり離したりして『極楽寺逍遙』を見ている。

雲の隙間から青空がちらちらと覗く空が描いてあって、その下には茅葺き屋根が不釣り合いな大きい山門。これらの背景の前には左右に青と紫の紫陽花が咲き乱れている。紫陽花の中央に白い和装にアップの髪形をした茉莉子が描かれている。茉莉子の方から腰のあたりの左右の中景には、イヌツゲかなにかの緑の植え込みが描かれている。そんな構図だった。

「先生、これは実景とは少し違いますよね」

亜澄は真剣そのものの表情で訊いた。

「そうだな、実際には前景の紫陽花はこんなに多くないし、右側はほかの低木だね」

「つまり、忠実に実景を再現したものではなく、理想的な景色を作ろうとした作品ですよね」

亜澄の問いに一遥はうなずいた。

「間違いない。茉莉子の姿を活かすための木々や花々だと思う」

「何度も見ていたら気になったのですが、中景のイヌツゲの葉の色合いが左右でわずかに違いますよね」

中景の緑を亜澄は指さした。

「なんだって」

一遥はさっきの亜澄と同じように、作品に近づいたり離れたりして葉の色を注視している。

「なんということだ。まったく気づいていなかった……」

一遥はうなり声を上げた。

「間違っていませんよね。右のほうが青と黒の絵の具を多く使っているように見えます」

亜澄の言うことが元哉には理解できず、もう一度中景を注視した。

「君は正しい。たしかに右側のイヌツゲの植え込みはかなり青が多い」

目を見張って一遥は断言した。

だが、元哉にはどう見ても同じ色にしか見えなかった。

「素人でよくわからないのですが、この色の違いは茉莉子さんの姿を引き立てる意図でしょうか」

慎重な言葉で亜澄は訊いた。

「いや、そのような意図は感じられない。言ってみれば宗二郎の雑な仕事だ。この色の違いはイヌツゲの葉の色を出すために何色かの絵の具を混ぜて作った色を使い切ってしまったんだ。あとから色を作り直したんでわずかだが色味が違うんだよ。本来ならば、ここは同じ色で描かれる部分だろう。微妙な色の違いに宗二郎が気づいていなかったことだってありうる」

一遥は難しい顔で言った。

「ありがとうございました」

亜澄が席に戻ったので、元哉も一遥もソファに座り直した。

「実はわたし、今日、この部屋に入ったときから気になっていたんです。前回は気づかなかったようです」

「小笠原くんの色彩感覚は本当に素晴らしい。感激だよ」

一遥は満面に笑みをたたえた。

「わたし、実は平塚の駅前商店街で三代続く呉服屋の娘なんです」

元哉には耳タコの話だが、一遥は驚きの声を上げた。

「ほう、そうだったのか」

「小さい頃から色とか模様に興味がありました。実家の店で扱ってる着物を始めとして、さまざまな色や柄を研究していました。単なる趣味ですが……」

「それで色彩感覚が養われたんだな」

「おそらくはそうだと思います」

「人間は一般的には約一〇〇万色の識別ができるとされているが、なかには一〇〇〇万色の識別ができる者もいるという。単純計算すれば一〇倍の豊かな色彩の世界に住んでいる人もいるというわけだ」

「そう聞いています」

元哉は驚くしかなかった。自分はたぶん、一〇分の一も貧しい色彩の世界に住んでいるのだろう。

「ところで、小笠原くんは豊かな色彩感覚を持っていることを伝えたいわけじゃないだろ？」

一遥はいたずらっぽく笑った。

「実は、鎌倉美術館の学芸員、つまりご子息さまの同僚だった日野真矢さんには口止めされているのですが……先生のお胸にだけ留めて頂けますか」

真剣な顔で亜澄は頼んだ。

「日野くんは知っているが、僕は彼女に義理立てする必要はないな」

さらっと一遥は言った。

「実はご子息さま、貴遥さんはご自分が『極楽寺逍遙』を入手した際には鎌倉美術館に寄贈するおつもりだったそうです」

「まぁ仕方ないだろう。あそこならきちんと管理してくれるに違いない。だが、遺言状では遥人に相続させると書いてしまったな。貴遥の遺志を優先すべきかな」

悩ましげに一遥は答えた。

「さらに蛍光X線調査や赤外線写真調査などの非侵襲式のツールを使った分析を行いたいと考えていたようです」

重々しい口調で亜澄は告げた。

「作品を傷めないのであれば、まったく問題のない話だ。なぜ、日野くんは僕に知らせたくないのだろう」

一遥は意に介していないようだった。

「わたしにもわかりません。ただ、貴遥さんがこの調査にこだわった理由は、いまのイヌツゲの色の違いに気づいていたからではないでしょうか」

含みを残した亜澄の言葉に、しばし一遥は考え込んだ。

「君の言わんとしていることがわかったぞ！」

嬉しそうに一遥は叫んだ。

「わかって頂けましたか」

亜澄はにっこりと笑った。

「宗二郎は、このイヌツゲの下に別のなにかを描いている。下に書いたものを乾かしてからイヌツゲを描いた。そのときうっかりして左右の色彩の調整を忘れてしまったんだ。それを貴遥はX線などを使ってあぶり出したかったんだ。ほかにはない」

断定的に一遥は言った。

「わたしもそう思っています」

亜澄は大きくうなずいた。

「調査をしよう。僕が生きているうちに。この絵は宗二郎が僕に贈った遺書だ。なにかが隠されているのであれば、それを読まずには死ねない」

一遥の両の瞳がキラキラと光っている。

「神奈川県警の科学捜査研究所を通じて、美術品解析の専門業者に依頼したいと思うのですが……」

遠慮深く亜澄は言った。

「ぜひ、進めてくれ。費用はすべて僕が負担する。署長さんにお願いする旨を一筆書いてもいいぞ」

生き生きとした声で一遥は答えた。

「お許し頂きありがとうございます。県警は予算が少ないのでそこがいちばんのネックでした」

亜澄は深々と頭を下げた。

事実、亜澄の申請は本件の捜査費用から捻出するのは難しかったろう。

しかし、一遥が全費用を負担するとなれば、科捜研が専門業者に依頼するだけのことだ。

さらに鰐淵一遥の依頼とあれば、反対する上層部はいないだろう。

「どんな結果が出ても事前にお知らせしなくてよろしいでしょうか」

「わたしはお孫さんの遥人さんと、宗二郎画伯の忘れ形見である湯原圭子さん、貴遥さんの同僚であった日野真矢さん、《秀美堂》の野中兼司さんにも同時に結果を発表したいのですが、お許し頂けますか」

「かまわんよ」

「そのあたりの連中には見てもらおうじゃないかね」

鷹揚な調子で一遥は答えた。

「その際に、鰐淵画伯と湯原画伯、茉莉子さんの関係を皆さまにお伝えすることになってもかまわないでしょうか」

「もし嫌なら君たちに話していないよ。片足を棺桶に突っ込んでいる身だ」

一遥はのどの奥で笑った。

「きっとなにかが明らかになります」

亜澄は自信たっぷりに言った。

元哉も楽しくなってきた。

月影ヶ谷の空高く、トビが鳴く声が響き渡っていた。

2

一週間後の金曜日は青空に筋雲が延びる素晴らしい天気だった。

鰐淵一遥邸には、今回の事件の関係者が集まっていた。

出席者は、一遥、遥人、湯原圭子、日野真矢、野中兼司の五人。

警察側からは元哉と、鎌倉署の亜澄、吉田強行犯係長が出席していた。

鰐淵家の使用人によって、人数分の椅子が運び込まれていた。

さらに、鰐淵家にあった50V型のテレビには元哉の公用ノートPCが接続されていた。

鰐淵貴遥殺害事件について、この一週間、捜査本部は精一杯の捜査をした。

地取り捜査には一定の成果があった。

遺留品捜査は進展していない。凶器は発見されたが、現場付近のただの石であって犯人の特定につながる指紋等は検出できていない。

また、元哉たちの鑑取りによって捜査の方向性は変わった。

ここにそろった五人以外に鑑取りで浮かび上がった人物はいなかった。

鰐淵遥人についてはアリバイの裏づけがとれた。従って遥人は少なくとも実行犯でないことは明らかとなった。

いままでわかったことをもとに、亜澄は鰐淵貴遥殺害事件の全容に関する仮説を捜査本部に提示した。捜査によって裏づけの取れた事実を関係者に提示することになった。

さらに今日は、専門業者による『極楽寺逍遙』の解析結果が捜査本部に届いた。

「お忙しいところお集まり頂きありがとうございます。鰐淵一遥画伯ご所蔵の湯原宗二郎作の油彩画『極楽寺逍遙』の科学解析が終了いたしました。この調査等は一遥画伯のお許しを得て科学捜査研究所が依頼した専門業者《アート・アナリシス》によって行われました」

亜澄が説明を始めると、一座にざわめきがひろがった。

「先生にはお話ししないでって言ったのに」

真矢がかすれ声で嘆いた。

警察官以外の誰もの顔が緊張感で引きつっているように元哉には見える。

「あらかじめお断りしておきますが、今回の調査・解析はあくまでも鰐淵貴遥さん殺害事件の捜査目的で行ったものです。従って結果はもちろんのこと、調査・解析を行ったことについては、警察と致しましてはいっさい発表する予定はございません」

亜澄はきっぱりと言い切った。

野中が少し安心したような顔つきを見せた。

「今回の調査は被害者である鰐淵貴遥さんが生前に望んでいたものです。『極楽寺逍遙』の作品表面の一部分には不自然な色塗りが見られます。警察では、湯原画伯が下に何らかの描写をして、その絵の具が乾いたあとで本来の景色を描いた可能性があると考えました。同じ理由から鰐淵貴遥さんも調査を希望していたものと推察しています」

亜澄はあらたまった顔つきになって一座を見渡すと、ゆっくりと口を開いた。

「詳細な分析リポートは今日は間に合いませんでした。ですが、いまわかっている内容の結論が変わるとは考えにくいです。最初にお断りしますが、本日の報告会の内容は録音させて頂きます」

一同はそろってうなずいた。元哉はICレコーダーのスイッチを入れた。

「さて結果をご覧頂く前に皆さんのなかで質問したい方がいます」

室内はしんと静まりかえった。

「野中兼司さん」

亜澄は出席をとる教員のように野中を呼んだ。

「わたしですか」

びくっと背中を伸ばして野中は亜澄の顔を見た。

「あなたは『極楽寺逍遙』を売却する計画を進めていませんか」

厳しい声で亜澄は訊いた。

「そんなことをここで申しあげなきゃならんのでしょうか」

不愉快そうに野中は答えた。

「もちろん話したくなければ話さなくてもいいです。ですが、あなた自身の不利益になるおそれがあります」

芳しい尋問ではないと元哉は思った。

「わかりました。言いますよ。ある方に『極楽寺逍遙』を二五〇〇万円で売却する契約を締結しています」

不愉快そのものの声で野中は答えた。

「正直にお話し下さって感謝します」

亜澄はかるく頭を下げた。

「そりゃそうですよ。わたしがあの絵を誰かに売ったたって、なんら法に触れる行為ではありませんからね」

開き直ったように野中はうそぶいた。

「どういうことよ。一遥先生の絵でしょ」

圭子が問い詰めるような声を出した。

「民法上では他人物売買は合法です。野中さんは所有権者、この場合には一遥画伯から履行期日までに『極楽寺逍遙』を取得して購入者に引き渡せばいいのです。不可能になった場合には債務不履行となり、野中さんは買い主に対して損害賠償する責任を負います」

亜澄の言葉に圭子はあっけにとられたような顔をした。

「そうなの？」

「そう、だからわたしはなにも悪いことはしていない」

野中は薄ら笑いを浮かべた。

「ただし宅地建物取引業法では不動産の他人物売買を禁止しています。ですが、この絵画は動産ですので関係ありません。続いて鰐淵遥人さん」

亜澄は遥人へ顔を向けて訊いた。

「なんですか？」

遥人は唇を歪めた。

「あなたは野中さんと『極楽寺逍遙』の売買契約を締結していますね」

亜澄は決めつけるように言った。

「別に悪いことじゃないでしょ。僕が入手した場合には僕の自由なんだから。一七〇〇万円で野中さんに売る契約を結んでいるよ」

ふて腐れたように遥人は答えた。

「遥人、おまえ祖父ちゃんが死ぬのをそんなに待ってるのか」

一遥はあきれ声で訊いた。

「だってさ……」

遥人は頬をふくらませた。

「そりゃ、僕はあと一年も生きないがね……そりゃ人倫にもとる行いだ」

一遥は吐き捨てるように言った。

「野中さん、その買い主を紹介した人は誰ですか」

「港区在住の富裕層の男性が買い主ですが、紹介して下さったのは日野真矢さんですよ」

野中はあっさりと答えた。

「真矢さん、間違いありませんか」

「ええ……でも、さっきからお話に出ているように合法的な行為ですから」

真矢は開き直った。

「なんということだ。孫も含めて三人が、僕が死ぬのをそんなに楽しみにしているとはな。だが、あの絵はそんなに高く売買できないぞ」

不思議そうに一遥は言った。

「一遥先生、実はフランスで湯原宗二郎ブームが起きていて、近い将来、『極楽寺逍遙』には三〇〇〇万程度まで値上がりする可能性があるということです」

亜澄は一遥の目を見つめて告げた。

「そうだったか。宗二郎、よかったな。おまえの真価が現代の人々にも認められたな」

口もとに笑みを浮かべて一遥は歓びの色を浮かべた。

「ところで、日野くん、一回しか会ったことがないあんたのことはよく知らないが……

仲介手数料が目当てなのか」

　一遥の問いに真矢はちょっと身を反らした。

「ほかにはないですよ」

　真矢は素っ気なく答えた。

「『極楽寺逍遙』を取り巻く現在の状況をご理解頂けたかと思います。さて、それでは調査結果の発表です。皆さま、こちらの画面をご覧ください」

　亜澄はテレビ画面に右の掌を差し伸べた。

　タイミングを合わせて元哉はPCのマウスを操作した。

　画面にはモノトーンのX線画像が映し出された。

　解析写真の全体像だった。

　作品の中景、右側のイヌツゲの位置に二行にわたって文字が書かれている。

「なにか書いてあるぞ」

　野中が少しうわずった声で言った。

「やはりここに遺書があったか」

　一遥は怖いくらいの目つきで画面に見入っている。

「拡大します」

　元哉はマウスをクリックした。

「こ、これは……」

最初に声を上げたのは一遥だった。

「まさか、まさかそんなことだったとは」

一遥は天を仰いだ。

「なんてこと」

圭子は真っ青になって画面を見つめている。

「そんなバカな」

真矢はぱっと見て目を床に落とした。

「あり得ん」

野中は声を震わせて画面を見ている。

遥人は表情を変えずに画面を見つめていた。

画面には手書きの文字が白くはっきりと映っていた。


——一遥よ。わたしは無二の友である君を裏切った。君もまたわたしを裏切った。茉莉子は罪を犯した。わたしは右手で茉莉子に罪を償わせ、左手で我が罪を償う。

「蛇足ながら説明を加えますと、文中のわたしは湯原宗二郎画伯、君とは鰐淵一遥画伯を指しています。茉莉子とは若尾茉莉子という故人で、鰐淵画伯と湯原画伯おふたりの恋人だった女性を指すものと思われます」

亜澄は平板な声で説明した。

「これでは、湯原宗二郎が自分の罪を告白しているようではないですか」

野中が唇を尖らせた。

「わたしたちはそう考えています」

あっさりと亜澄は答えた。

「きちんと説明してもらえませんかね」

詰め寄るように野中は言った。

「若尾茉莉子さんは、新潟県出身の女性ですが、戸籍を調べたところ死亡当時は二三歳でした。一九九二年七月一七日の深夜、極楽寺一丁目の成就院横の階段を転げ落ちて、外傷性硬膜外出血や頸椎《けいつい》骨折等のために死亡しています。当時、鎌倉署はこの一件を事故として扱いました。本画像を見ると、湯原画伯は自分が殺害したことをほのめかしています。その他の状況についても捜査したところ、この事件については湯原画伯が犯人であると推定してもよいと思います」

冷静な声で亜澄は告げた。

「茉莉子って女はいったい何者なんですかね」

野中は突っかかるように訊いた。

「僕から説明しよう」

一遥を全員が注視した。

「若尾茉莉子は僕が愛した女性だ。だが、僕が告白する前にどこかへ消えてしまった。悲しみに暮れる僕のところに茉莉子が逃げてきた。彼女は宗二郎の愛人として囲われていたんだ。ところが、茉莉子は宗二郎に暴力を振るわれていた。僕は彼女を当時馬場ヶ谷にあった僕のアトリエに隠し半月ほど同棲した。ところが、ある晩、彼女はひそかにアトリエを抜け出した。翌朝、成就院階段から転落死した茉莉子の亡骸が見つかった」

一遥の悲痛な声が響いた。

「この絵に残されたメッセージが湯原宗二郎の罪の告白であると考えることが適当だと思います。湯原がどうやって茉莉子さんをアトリエから誘い出したのか、いまとなってはわかりません。ところで、この後、湯原宗二郎はうつ病を発症していて、およそ二年後の一九九四年七月七日、七夕の夜に服毒自殺しています。遺書も残っていていてただひと言『制作に疲れた』と書いてあったとのことです」

静かな口調で亜澄は言った。

室内に沈黙が漂った。

「さて、以上の内容は天才画家湯原宗二郎の事実に光を当てると同時にその名を貶めるものです。湯原圭子さん」

いきなり、亜澄は圭子に呼びかけた。

元哉の胸は激しく鳴った。

「はい……」

背筋を伸ばした圭子の瞳が不安げに揺れた。

「メッセージの解析によって、湯原宗二郎についての新たな事実が明らかになりました。しかし、あなたはすでにご存じだったのではないですか」

亜澄は圭子の目を見つめて静かに訊いた。

「どうしてですか？」

圭子は口もとにぎこちない笑みを浮かべた。

「お父さまの名誉を守りたかったのではないのですか」

畳みかけるように亜澄は訊いた。

「なにをおっしゃっているのか、わたしにはわかりません」

かすかな笑みを浮かべたままで圭子は答えた。

「長谷配水池広場の現場周辺には防犯カメラはありませんでした。また、駐車車両のドライブレコーダーからも証拠映像は発見されませんでした」

「そうなんですね」

「ですが、鎌倉駅西口には防犯カメラがあったんですよ」

亜澄の声は悲しげに響いた。

「それがわたしとどういう関係が？」

微笑みを顔に貼りつかせたまま圭子は尋ねた。

「事件当日の午後三時七分と三時九分に、あなたが電話を掛けている姿が映っていました」

平静な調子を取り戻して亜澄は重要な事実を告げた。

「そんな……」

圭子の顔から表情が消えて能面のように変わった。

「この二本は亡くなった貴遥さんのスマホに公衆電話から着信していた時刻と完全に一致しています。その二本の電話はあなたが掛けたものです。あなたは東京駅のオアゾにある丸善丸の内本店にいたと言ってましたよね」

亜澄は静かな声で問い詰めた。

圭子は口をつぐんだ。

「警察はやっぱりすごい」

ややあって圭子は感嘆の声を出した。

いたずらを見つかった子どものような無邪気にも見える表情に、元哉は驚いた。

「わたしたちはどこまでも調べるのです」

淡々と亜澄は言った。

「はい、電話を掛けたのはわたしです」

圭子はほっと息をついた。

「どんな内容だったのですか」

亜澄はまっすぐに圭子を見つめて訊いた。

「貴遥さんの退勤後に話し合いをしたいから時間と場所を指定してほしいって連絡しました」

あっさりと圭子は言った。

「なぜ、二度も電話したのですか」

「一度目の電話のときには貴遥さんの周囲に同僚の方がいたんです。それで二度電話しました」

「話し合いの内容はどんなことでしたか」

「『極楽寺逍遙』の分析をやめてほしいというお願いです」

「やはりあなたは、いまご覧に入れた湯原画伯のメッセージの内容を知っていたのですね」

念を押すように亜澄は訊いた。

「はい……知っていました。正確に言うとメッセージの内容は知りませんでした。今日初めて見たのですから……。ただ、そこに書かれているであろう事実は知っていたのです」

「なぜ知ったのですか？」

「父の宗二郎が手紙を遺していたのです」

「どこに遺していたのですか」

「父が自殺する際に、形見としてシルバー925製のメダイヨンをわたしに遺しました。銀座の宝飾店で作らせたものだそうです。表面にはバラの花が刻んでありました。〝pour Keiko〟ともありました。わたしはペットの写真などを入れてときどき使っておりました。ところが、あるとき二重底になっていることに気づいてしまったのです。そこには父が若尾茉莉子さんを成就院の階段から突き落としたことが書き残されていました」

一座に声にならないざわめきがひろがった。

「実は貴遥さんが分析をしたいと考えたのは、やはり『極楽寺逍遙』の表面に違和感を覚えたことが出発点でした。貴遥さんはそこに父にとって恥となるような事実が隠されていると推理していたようです。にもかかわらず月影ヶ谷の一遥先生のお宅で『極楽寺逍遙』を拝見したときにはそのことをおっしゃらなかった。ただ、分析の許可がほしいとだけ……。なんということでしょう。わたしが父の手紙を発見したのは、貴遥さんに許可を出してからのことなのです。冥界から父が自分の罪と恥を世間にさらしてほしくないと頼んでいるように思ってゾッとしました」

暗い顔で圭子は言葉を継いだ。

「ですが、わたしが分析に反対したのは父への愛情からなどではありません。もしこのメッセージが報道され、世界にひろまったとします。湯原宗二郎は天才画家から一転して愛人を殺めた殺人者という汚名にまみれます。わたしは殺人者の娘、大切な母は殺人者の妻の地位に堕してしまいます。それだけはどうしても避けたかった。身体の弱っている母にはどんなに大きなダメージとなるでしょうか。生命を縮めてしまうおそれすらあります。大好きな母を失いたくはありません。だからわたしは貴遥さんに何度か電話してお願いし続けました。どうか分析はやめてほしいと言い続けました。けれども貴遥さんは頑なでした。『美術史上の重大な発見になる』と答えてわたしの願いを聞いてはくれませんでした。分割払いしかできないけど、あの絵を買い取りたいとも言いましたが、無視されました」

「貴遥……なんと器がちいさい。この母娘の不幸を招いて進めるべき研究などないんだ」

一遥は嘆き声を出した。

「先生、ありがとうございます……先ほど、茉莉子さんに対して父がＤＶを行っていたとのご指摘がありましたが、間違いなく事実だと思います。わたしが三歳のときに父が自殺しましたので、幸いにもなにも見ていないのですが、父は母にも暴力を振るっていました。母は父に叩かれたり水を掛けられたりしていたと言っています。顔を殴られて、失明寸前となったこともあるそうです。父には酒乱というかアルコール依存症のところもあったのです。母は父を憎んでいました。愛人を囲っていることも気づいていました。でも、乳飲み子のわたしを抱えていた母は耐え続けたのです。そんな父をわたしもずっと憎んでいます。だからこそ母が大事なのです」

元哉は運命の皮肉を感じた。

圭子母娘は父の湯原宗二郎を強く憎んでいる。だが、自分たちのために憎む父を守らなければならないのだ。

「いや、これだけではウソつきね。わたしは偽善者になってしまう。わたしは上昇中の父の評判を利用したかった。自分が美術評論家として成功するためには父の名誉を汚すわけにはいかなかった。これもまた大きな動機です」

圭子ははっきりした声で言った。

「では、あなたは一一月二九日の夕刻、長谷配水池広場に行って鰐淵貴遥さんと会ったのですね」

亜澄は重大な質問を静かな声で発した。

「認めます。わたしはあの日、午後四時半過ぎに長谷配水池広場で貴遥さんと待ち合わせていました。貴遥さんは退勤後、大仏坂の方向から現れて手前のテーブルにわたしと向かい合わせに座りました。『極楽寺逍遙』の分析をやめてほしい、わたしたち母娘の暮らしを壊さないでほしいとわたしは土下座までしました。ですが、貴遥さんには『あなたは美術評論家なのに美術史上の大発見を妨害するのか』とまで言われました。去り際に『自分たち母娘だけよければいいのか』と捨て台詞を吐かれて胸が焼けつくようでした。自分は一遥画伯という人格すぐれた立派な画家の子として生まれたから幸せに過ごしている。わたしは人格劣弱な宗二郎の娘だから、母ともどもずっとずっと苦労してきた。あんたなんかに言われたくないという憎しみが激しく湧き出て自分の抑制が利かなくなってしまいました。わたしは転がっていた石を拾って貴遥さんを後ろから殴りつけてしまいました。倒れた貴遥さんが動かなくなったので、怖くなりました。取り返しのつかないことになってしまったと思いました。わたしは必死で大仏坂へと走って下りました。県道に出てからはずっと走り続けました。気づいたら梶原の自宅でした。わたしがお話しできる事実は以上です。一遥先生、遥人さん、お詫びの申しようもございません」

圭子は目に涙を溜めて、その場で土下座した。

「そうでしたか」

なんと返事してよいかわからないような顔の一遥だった。

「立ってください」

遥人は言葉少なく言った。

だが、圭子は土下座したままだった。

「どうか立ってください」

繰り返して遥人は言った。

ゆっくりと圭子は立ち上がった。

「今日わたしははっきりと悟りました。自分の利益や我欲のために生きようとすれば、人は必ず不幸になると。自分が成功したいというような気持ちがなければ、わたしが殺人者になることはなかったでしょう。私欲のために、わたしは父と同じ罪を犯してしまったのです」

苦しげに言って圭子は両腕をそろえて突き出した。

3

「それはまた後で考えます。もう一度座ってください」

手錠を掛けることもなく、亜澄は言った。

「これで終わったんじゃないのかね」

野中が首を傾げた。

「はい、圭子さんにはまだ訊きたいことがあります」

亜澄はきっぱりと言い切ってから、ゆっくりと尋ねた。

「圭子さん、あなたは貴遥さんを何回殴ったのですか」

「は……？　一回だけですけど……」

とまどいがちに圭子は答えた。

「わかりました。とにかく座ってください」

「はい」

圭子は素直にもとの席に座った。

「ここに今回の司法解剖の結果が出ています。一番重要な点だけを申します。被害者の貴遥さんは三回殴られて絶命しています。順番や回数は頭蓋骨の割れ方やひびの残り方でわかるそうです。圭子さん、一回しか殴っていないことに間違いはありませんね」

亜澄は念を押した。

「いくら動転していてもそれは絶対に忘れません」

圭子は亜澄の目を見てしっかりと答えた。

「もうひとつ訊きたいのですが、あなたは凶器に使った石をどこに捨てましたか」

亜澄の問いに、圭子はぽかんとした顔になった。

「その場に放り出しました」

「草むらに投げ込んだようなことはないですね」

またしても亜澄は念を押した。

「はい、ないです」

圭子はきっぱりと言った。

「今回の凶器はその場に転がっていた自然石と推定されています。圭子さんがいま言ったことと符合します。ところが、発見されたのは配水池広場から二〇メートルほど大仏坂方向に下った東側の藪のなかでした。そんなところにあったために発見に手間取りました。ともあれ、いまの圭子さんの発言を事実とすれば、きわめて重要なことになります」

亜澄はちょっと言葉を切って一同を見まわした。

「犯人はもうひとりいるのです」

室内に声にならないざわめきがひろがった。

「それ以外には考えられないのです。貴遥さんは三回殴られています。さらに凶器の自然石は場所を移されています。二回殴り凶器を捨てた人物が存在しなければ成り立ち得ません」

亜澄の言葉に人々は顔を見合わせている。

一遥は長く尾を引くようにうなり声を上げた。

圭子は信じられないという顔つきを見せていた。

「日野真矢さん」

亜澄は真矢を見てその名を呼んだ。

「わたしですか！」

素っ頓狂な声で真矢は答えた。

「あなたが知っている真実を話してくれませんか」

亜澄は鋭い目で真矢を見た。

「いえ、わたしはなにも……知りませんが」

いくらか気弱な声で真矢は答えた。

「では、伺いますが、あの日の午後四時半過ぎ、あなたはなぜ帰宅するのと反対方向へ走ったのですか」

「そんな記憶はありませんけど」

「長谷一丁目の中華料理店《五彩楼》の店長さんが見ているんです。やっとお話が聞けました」

亜澄の言葉にも真矢の態度は変わらなかった。

「そうでしたか。でも、大仏近くの《バリスタかまくら》ってコーヒー豆屋さんで豆を

「買っただけですよ」

「なるほど調べてみましょう。でもね、凶器から剝離した皮膚の一部が検出されました。犯人が貴遥さんを殴ったときに剝離したと推察されています。あなたにＤＮＡの比較検体となる髪の毛などを提出してもらうことになると思います」

亜澄は強い視線で真矢を見据えた。

元哉は亜澄のハッタリに驚いた。

「あ〜あ、バレちゃった」

真矢は両腕を上に上げて大きくのびをした。

室内の空気が凍った。

息を吞む音が何箇所かで聞こえた。

「圭子さん」

真矢は正面に座る圭子に声を掛けた。

「なんでしょう」

圭子は不安げに訊いた。

「あなたはわたしの妹なんだよ」

明るくも見える表情でさらっと真矢は言った。

「どういうこと」

両頬に左右の掌をあてて圭子はちいさく叫んだ。

「なんだと！」

「えーっ」

「まさか」

「げえっ」

元哉も立場を忘れて叫んでしまった。

「そう、わたしは湯原宗二郎の娘です。今年三四歳なので圭子さんより三つ上です。その意味では長女になります。宗二郎は圭子さんのお母さん……」

真矢が言いよどむと圭子が即答した。

「晶子《あきこ》です」

「宗二郎は晶子さんと結婚する前に、わたしの母の日野沙由理《さゆり》と交際していたんですよ。母はね、銀座のホステスだった。銀座の疑似恋愛が本物になるのは一パーセントもないそうね。でも、母は宗二郎に本気になった。そしてわたしをお腹に宿した。だけどね、母気性の荒い母を見限って宗二郎は逃げ出したのよ。文字通り家から出てった。そう、母と生まれたばかりのわたしを捨ててね。母は宗二郎がろくな男じゃないとわかって、追いかけるのをやめた。シングルマザーとして生きてゆく覚悟を決めたのよ。それからしばらくして母は宗二郎に会った。別れしなに養育費は要らないからって一筆書かせたのよ。わたしが自分の子であるってね。母はその後は横浜に住処を変えて、クラブホステスとしてわたしを育て続けた。でも、銀座の仲間たちから宗二郎の噂話は入ってきた。晶子さんと結婚して扇ガ谷に所帯を構えたことも、新宿の大きな画材店の若い子を籠絡して坂の下に妾宅を持ったこともみんな知ってた。宗二郎は銀座で酔っ払って自分のことを喋るバカ男だったのよ。母は茉莉子さんが階段から落ちて死んだことを聞いて『絶対に宗二郎の仕業だ』って言ってた。わたしは母の力で大学にも進めた。それでもシングルマザーの子だからつらい思いをしてきた。母は仕事上のお酒の飲み過ぎのせいか、脳幹出血で一〇年前に亡くなったわ。自分自身が夜のバイトを始めて大学院を修了して学芸員の資格をとったときには本当に嬉しかった。いつの日か、宗二郎みたいなバカな男のせいで苦労するかもしれないって思ってたからね。ああ、喉が渇いた」

真矢は言葉を切って辺りを見まわした。

「何かとってやりなさい」

一遥の言葉に遥人が部屋の隅の冷蔵庫に走った。

「ありがとう。あなたは『極楽寺逍遙』をゲットし損ねたね」

「そうだね」

遥人はひと言しか答えなかった。

真矢はミネラルウォーターをペットボトルの三分の一くらい一気に飲むとボトルをテ

ーブルに置いた。

「でね、幸いにも鎌倉美術館に採用された。その蔭には財団理事長のなじみの女の子の働きかけもあったのよ。上司の貴遥さんは融通の利かない変人だけど悪い人間じゃない。理事会は別として鎌倉美術館の男たちは皆さん清潔でまともな人ばかりだった、だけど、退屈なのよ。毎日同じ時間の繰り返し……。セクハラじじいに絡まれることも多いしね。三年も働くとつらくなってきた。わたしは美術評論家を目指そうと思った」

圭子が息を呑む音が聞こえた。

「初めて圭子さんと会ったとき、不思議な思いに駆られた。なぜ、腹違いの妹はわたしと同じ道を目指したのかってね。続いて激しい嫉妬を感じた。わたしより先に評論家としデビューして創藝春秋なんて一流の出版社から本も出している」

自嘲的に真矢は笑った。

「わたしなんて……貧乏に苦しんできました」

肩をすぼめて圭子が答えた。

「まぁね、わたしは鎌倉美術館に勤めてる限りはそこそこの給料がもらえたけどね。知名度はゼロ。圭子さんにヤキモチくらい焼くわよ」

ふたたび真矢はペットボトルを口もとに持っていった。

「鰐淵貴遥さんとの関係はどうだったんですか」

亜澄が問うと、真矢は微妙な笑みを浮かべた。

「良好だった。あの人はわたしを女と見ていなかったから、わたしも貴遥さんを男とは思っていなかった。だからうまくいった。だけどね、あの人は『極楽寺逍遙』のせいで、少しおかしくなったのよ。とにかく分析したい。隠されている秘密を明らかにしたいって、頭のなかはそればっかり。わたしは母の言葉と重ね合わせて、あの絵の下に茉莉子さんを殺したことが書かれている可能性を感じていた。ほぼ間違いないだろうと直感していた。だから絶対に調査してほしくなかった。もちろん貴遥さんは聞く耳を持たなかった。何度も止めたんだけど、あんまりはっきりした理屈がないんだよね。一遥先生の余命宣告は漏れ聞いてた。だから野中さんをそそのかしたのよ。わたしも圭子さんと同じ情報はつかんでた。『アール・プレス』掲載のセバスチャン・ジャルベールの論評も読んでいた。だから、宗二郎ブームが日本に訪れたら、母から引き継いだ宗二郎の一筆をマスメディアに発表して、稀代の天才画家の娘であることを世間に知らしめて美術評論家として打って出ようと考えていたのよ。だけど、貴遥さんはやっと巡ってきたわたしのチャンスを潰そうとしていた。もちろん、彼には自覚はなかったけどね。わたしは彼が憎くなってきた。生まれつき恵まれているあなたが、なんでわたしの行く手をふさぐのって思ってた。一遥先生、失礼なことを申しますが、ご子息さんは、はっきりとエディプスコンプレックスの傾向を持っていました。先生がえらすぎるんですよ。だから、貴遥さんはいつか先生に追いつき追い越したかった。実際不可能なことは本人も百も承知でした。でも彼は『極楽寺逍遥』を分析して研究論文を発表することであなたを超えたいと願っていたのです」

真矢はまじめな顔で言った。

「ううむ……」

一遥は腕組みしてうなり声を上げた。

「さて、警察の皆さま向けのお話もしなくちゃね」

独り言のような感じで真矢は亜澄たちに声を掛けた。

「小笠原さん。わたし、あの日……三時過ぎの圭子さんから貴遥さんへの電話を聞いちゃったんです。それで貴遥さんと圭子さんが長谷配水池広場で打合せをすると知って気になって後をつけたんです。すぐだと気づかれそうだから二〇分くらい間を空けて……。どんな打合せかは見当がついていたからね。でも、一瞬のことなのに、県道に出る瞬間を《五彩楼》のマスターに見られていたとはツキがなかったなぁ。でね、階段の近くのレストランくらいまで来たところで圭子さんが大仏トンネルを走って行く背中を見たんです。なんか不安を感じて薄暗い階段を配水池広場へと急ぎました。そしたら、大変、貴遥さんがうつ伏せに倒れていて虫の息なんですよ。凶器の石ころも転がってた。もちろん圭子さんが犯人に決まってます。そのとき耳もとで悪魔が囁いたんです。よくそんな表現使うでしょ。悪魔なんて人間の心のなかにしかいないのにね。とにかくここで貴遥さんが死んでくれれば、わたしの行く手をふさぐ者はきえさるぞってね。わたしは石ころを拾って髪の毛に血が固まっているあたりをめがけて打ち下ろしました。たぶんそれで絶命したと思う。でも、息を吹き返したら困るからもう一度殴った。石を持ったまま広場を出たのは意図的に隠そうとしたんじゃないんです。階段の途中で気づいて右手の森に放り投げました。わたしが階段を下りてきたら大船行きの京急バスが来たからそのまま乗って逃げちゃったってわけ」

ふうと息をついて真矢は全身の力を抜いた。

被害者貴遥の父も子も黙っていた。

誰もがあっけにとられて声も出なかった。

亜澄ですら黙ったまま、ぼう然と真矢を見ている。

ペットボトルの中身を真矢は飲み干した。

「話してなんとなく肩の荷が下りた。たくさんの人を悲しませる結果になったことを、皆さまにお詫びします」

真矢は立ち上がると、深く頭を下げた。

「さ、小笠原さん、警察署に連れて行って」

真矢は平静な声で頼んだ。

「はい、いま手配します。そのまま座って待っていてください」

亜澄が目顔でサインを送ると、吉田係長が廊下に出て行った。

捜査本部に応援要請するのだろう。任意同行する被疑者はふたりだ。

「きっと貴遥さんはあの山門の前に立つ茉莉子さんの霊に取り憑かれたんだわ」

真矢はぞくっと身を震わせた。

「そういうことはあるかもしれん」

まじめな顔で一遥が言った。

しばしの沈黙を破ったのは一遥だった。

「皆さんに言いたい。僕は『極楽寺逍遙』を鎌倉美術館に寄贈することに決めた。貴遥の遺志を継ぐことがなによりだろう」

重々しく一遥は宣言した。

「祖父になにかあったとき、すべての財産を僕は相続放棄します」

遥人は真剣な顔で言った。

「それがよい、おまえも独り立ちするのだ」

おだやかに言って一遥は遥人の肩に掌を置いた。

なんとも言えぬ神妙な顔つきで遥人はうなずいた。

深く息を吸い込んで、一遥はゆっくりと口を開いた。

「僕が茉莉子への気持ちを抑えられなかったことが、あまりにもつらい結果を招いてしまった。宿命の恐ろしさ、人の持つ業の悲しさをつくづく感じざるを得ない。僕に残された日々は少ないが、貴遥の冥福を祈るばかりだ。そして圭子さん、真矢さん」

声を掛けられた二人は驚いたように一遥の顔を見た。

「あなた方の未来が少しでも明るいことを願っていきたい。詫びてどうなるものでもないが、暗い運命に導いてしまったことをお詫びしたい」

一遥は二人に向かって深々と頭を下げた。

圭子は肩を震わせて身体を折った。

真矢はその場に泣き崩れた。

窓の外からさんさんと陽光が降り注いでいる。

今日もまた、青空高く飛ぶトビの声が聞こえてきた。

エピローグ

次の金曜日の夜。元哉は西御門《にしみかど》にある白旗《しらはた》神社の横にある児童公園のベンチに座っていた。

たぶん九時半くらいにはなっているだろう。周辺の住宅地は静まりかえっていた。

「俺はバカだ……」

元哉はつぶやいた。

事件解決を祝って一杯おごるという亜澄の口車に乗せられた。

鎌倉署に書類を取りにいったところで、亜澄に遭遇してしまったのだ。

鶴岡八幡宮の東側、雪ノ下にある《大しま》という和風料理屋に行った。この店で人気のある海鮮丼を食べながらビールで乾杯した。そこまではよかった。そのあと、近くの《フレッシュ・ハーブ》というバーでカクテルとワインをかなり飲んだ。

元哉はまだまだ飲めるが、亜澄はすっかり酔ってしまった。

酔いを醒ましてから帰ろうと、亜澄は先に立って歩き始めた。

この児童公園まで来ると、ベンチに座り込んでしまったのだ。

仕方なく元哉も隣に座った。

比較的あたたかい夜だったのが幸いだった。

二人ともオーバーコートを着ているので寒くはなかった。

マップでこの公園の位置を確かめると、駅までは直線距離では一・二キロくらいしか離れていないが逆方向だ。

「だからさ、キミたち男ってのは信用できないんだよ」

例によって亜澄はからんできた。

「大きな声を出すなよ」

元哉は苦り切って答えた。

あたりには人影はない。誰かに迷惑を掛けたくはない。

いつもながら亜澄は酒癖が悪い。

「一遥画伯はあんなに立派な人じゃん」

少し声を落として亜澄は言った。

「そうだな、文化功労者なんだからな」

元哉が適当に答えると、亜澄は大きく顔をしかめた。

「そういう意味じゃなくてさ。社会的には大きく評価されているのに謙虚だし思いやりがあるじゃん。自分の生命の終わりが近づいて、息子さんを失っても平常心を保ち続けているなんてすごいと思わない」

亜澄はろれつの怪しい声で言った。

「そうだな、俺ならステージⅣとか言われたら、まともじゃいられないいな」

たしかに一遥は強靱な精神力を持った老人だと思う。あの平常心は元哉にはとてもではないが、真似ができない。

「でしょ、でしょ」

嬉しそうに亜澄は顔をほころばせた。

「あの日の態度もたいしたもんだとは思うよ」

「それに、湯原宗二郎のふたりの娘に対する態度もふつうじゃない」

沈んだ顔に変わって亜澄は言った。

「ああ、あれには驚いた」

自分の過去の行為が、運命の流れを変えたと言って、一遥は圭子や真矢を責めなかった。

一人息子を殺されたのだ。彼女たちに恨みや怒りがないはずはない。

感情を強い力で抑制できる人物であることに元哉は舌を巻いたのだ。

「そんな人格者も茉莉子さんの魅力には勝てなかったわけじゃん」

亜澄は口を尖らせた。

「それとこれとは話が別じゃないか」

元哉の言葉に亜澄は首を激しく横に振った。

「別じゃないよ。どんなに人格者だって、男ってもんはね、か弱い女には弱いんだよ」

亜澄はつばを飛ばして息巻いた。

「そんなことはないだろう。小笠原の偏見だ。男って一括りにするなよ」

あきれて元哉は答えた。

「違う、か弱い女は愛されるんだよ」

唇を突き出して、亜澄は激しい声で言った。

「なに怒ってんだよ」

この前もそんなことで、亜澄は元哉に突っかかってきた。

「あたしなんて誰一人からも、か弱いなんて言われたことないんだよ。ただの一度もだよ」

亜澄は頬をふくらませた。

元哉は内心で吹いた。

亜澄がか弱いだって？　正反対の女だろう。

ようやく元哉は亜澄がくだを巻いている理由がわかってきた。

「だって、おまえ、か弱くないじゃんか」

元哉の言葉に亜澄は唇を突き出した。

「そりゃ認めるよ。だけどさ、あたしだけ放置プレイばっかり受けてたんだよ」

「なんの話だ？」

話の主旨が見えてこない。

「学生時代とか、みんなで飲んで夜遅くなったとする。ほかの女子たちをどうやって送ってくかとか、男子たちは心配し始めるわけよ。そんなときだって『おまえは平気だろ』って放り出せるのはあたしだけなんだよ」

恨みがましい声で亜澄は言った。

「いいじゃんか。おまえは柔道だってできるし、逮捕術だって身につけてんだぞ」

神奈川県警の巡査部長昇任試験の受験資格に「女性警察官にあっては、逮捕術及び救急法の技能検定の有級者」という項目がある。亜澄は当然ながら、逮捕術も修得しているのだ。

素手で亜澄に襲いかかった男は誰しも組み伏せられてしまうだろう。

「だから、警官になる前の話だよ」

亜澄は突っかかるように言った。

「そんなむかしの話をいつまでもクドクド言ってんなよ」

持て余し気味に元哉は答えた。

「クドクドなんて言ってないよ」

亜澄は不愉快そうに額にしわを寄せた。

「あたしがね、学生時代の終わり頃つきあった男がいるのよ。その男はね。あるスーパーの店長だったんだ。七歳ばかり年上でさ、見た目がよかったんだ。そいつはあたしの前にアルバイトの子とつきあってた。で、いろいろと頼られて重いんで別れたんだよ。ところがね、その子がお金がないから水商売するしかないって言ってきたんだ。別れてからだよ。そしたら、『俺が放っておいたらあの子は生きていけない』とかなんとか言って、もとのサヤに戻ったんだ。で、あたしには『おまえは強いから一人でも大丈夫だろ』だってさ。あたしがどんなに腹立てたかわかる」

それこそ、クドクドと亜澄は恨み言を言っている。

「わかったわかった」

元哉にとっては興味のない話だった。

「少しはマジメに聞けーっ」

亜澄は甲高い声で叫んだ。

「静かにしろよ」

あわてて元哉がたしなめたとき、公園の柵の外の道を制服警官の自転車が通り過ぎた。

元哉は大きく舌打ちしたが、亜澄は平気な顔でいる。

自転車を止める音がして、防刃ベストを着た地域課の制服警官が歩み寄ってきた。

胸の階級章を見ると巡査だ。

「こんばんは」

なかなかイケメンの若い巡査は、厳しい目つきで元哉を見た。

「あのね、ちょっと身分を証明できるもの見せてくれるかな？」

「なんでだよ？」

不機嫌な声で元哉は訊いた。

この不快感は地域課員の職務質問に対するものではなかった。そんな事態を招いた亜澄に腹を立てたのがつい態度に出てしまったのだ。

「不審者がこの公園にいるって通報があったんですよ」

地域課員は元哉と亜澄の姿を交互に眺めながら訊いた。

「本部の捜査一課、吉川だ」

元哉は立ち上がって警察手帳を提示しながら名乗った。

「え……」

地域課員は手帳をまじまじと見つめて絶句した。

「あたしは、キミと同じ鎌倉署の刑事課だよ」

ヘラヘラ笑いながら立ち上がると、亜澄は警察手帳を見せた。

「そ、そうですか……。僕は今月の一日に異動してきたばかりなんで知らなくて……」

とまどいながら地域課員は答えた。

「あたしの顔、覚えておいて。小笠原亜澄だよ」

亜澄は妙にはしゃいだ声で言った。

相手がイケメンだとやに下がるのが亜澄の悪いクセだ。

「こんなところで捜査ですか？」

不思議そうに地域課員は訊いた。

「いや、酔いを醒ましてるだけだよ」

元哉は仕方なく正直に答えた。

「もう帰りませんか。この近所の人は気味悪がってますよ」

遠慮しつつも、地域課員は辛らつな言葉を口にした。

「わかった。帰るから、逮捕しないでくれよ」

余裕を見せて元哉は冗談で答えざるを得なかった。

「どうも、気をつけてお帰り下さい」

地域課員は自転車にまたがると、這々の体で走り去った。

「さぁ、もう帰るぞ」

明日の朝、亜澄がトラ箱に入れられていたら、刑事課の面々はどんなにか恥をかくだろうか。

トラ箱とは警察署に設置される泥酔者などを収容するための保護室である。

「わかったよ。キミがか弱い女の味方するからだよ」

地域課員が去ったからか、亜澄はふたたびろれつの怪しい声でからんできた。

「俺は別に味方なんかしてねぇぞ」

憤然とした元哉の言葉を無視して、亜澄はよろよろと身体をふらつかせた。

「歩けない」

亜澄はベンチに座り込んでしまった。

タクシーを呼ぶしかないだろうか。

さっきの地域課員に警察手帳を見せて名乗ってしまったからには、亜澄をここに捨てて帰るわけにはいかない。

「俺はやっぱりバカだっ」

自分の愚かしさに腹を立てて元哉はベンチを蹴った。

神社を取り巻く木々の上の空を元哉は見上げた。

冬の夜空は澄んでいて、満天の星が輝いていた。

文春文庫

鎌倉署《かまくらしよ》・小笠原亜澄《おがさわらあすみ》の事件簿《じけんぼ》
極楽寺《ごくらくじ》逍遥《しようよう》

定価はカバーに
表示してあります

2023年10月10日　第1刷

著　者　鳴神《なるかみ》響一《きよういち》
発行者　大沼貴之
発行所　株式会社 文藝春秋

東京都千代田区紀尾井町 3-23　〒102-8008
TEL 03・3265・1211㈹
文藝春秋ホームページ　http://www.bunshun.co.jp

落丁、乱丁本は、お手数ですが小社製作部宛お送り下さい。送料小社負担でお取替致します。

印刷製本・TOPPAN株式会社

Printed in Japan
ISBN978-4-16-792114-9